FLORET
READING

小花阅读

我们只写有爱的故事

青春阅读 幸得相见

大鱼

有爱的青春陪伴者

"多谢女侠!你看我之后坐你前桌,一定好好学习,不辜负女侠的心意!"
"好,那你要加油。"

"七月我家的葡萄就要熟了,你吃吗?"
"吃!"
那么,今年夏天的葡萄,
拜托早点成熟吧。

"希望明年,还有以后的很多年,都请让我……和他一起看烟花。"

乖乖过来

三月逢江 \ 著

## 图书在版编目（CIP）数据

乖乖过来 / 三月逢江著. — 石家庄：花山文艺出版社，2021.7
 ISBN 978-7-5511-5797-1

Ⅰ. ①乖… Ⅱ. ①三… Ⅲ. ①长篇小说－中国－当代 Ⅳ. ①I 247.5

中国版本图书馆CIP数据核字（2021）第099395号

| | |
|---|---|
| 书　　名： | 乖乖过来<br>GUAIGUAIGUOLAI |
| 著　　者： | 三月逢江 |
| 策划统筹： | 张采鑫 |
| 特约编辑： | 杨吉晨　封　言 |
| 责任编辑： | 董　舸 |
| 责任校对： | 郝卫国 |
| 美术编辑： | 胡彤亮 |
| 封面设计： | 孙欣瑞 |
| 内文设计： | 孙欣瑞 |
| 封面绘制： | 唏嘘的星辰 |
| 出版发行： | 花山文艺出版社（邮政编码：050061）<br>（河北省石家庄市友谊北大街330号） |
| 销售热线： | 0311-88643221/29/35/26 |
| 传　　真： | 0311-88643225 |
| 印　　刷： | 湖南凌宇纸品有限公司 |
| 经　　销： | 新华书店 |
| 开　　本： | 880×1230　1/32 |
| 印　　张： | 9.125 |
| 字　　数： | 168千字 |
| 版　　次： | 2021年7月第1版<br>2021年7月第1次印刷 |
| 书　　号： | ISBN 978-7-5511-5797-1 |
| 定　　价： | 39.80元 |

（版权所有　翻印必究·印装有误　负责调换）

## 目录
### CONTENTS

**第一章 /001**
- 她像是新生的小花，朝着太阳开的 -

**第二章 /026**
- 钢铁是这样炼成的 -

**第三章 /049**
- 答案的最后三个字 -

**第四章 /066**
- "你怎么就撞他怀里去了？"
"他扒拉我。" -

**第五章 /098**
- 自己立的人设，当然要自己破了才刺激 -

**第六章 /144**
- 她小小的，我想把她装进口袋里，
她又乖到，我想把所有美丽都双手奉上 -

**第七章 /165**
- 凭此符，可随时兑换一个冷酷校草，
有效期：一亿年 -

## 目 录
### CONTENTS

**第八章 /187**
- 穿最粉的裙子,下最狠的手 -

**第九章 /206**
- 小葵花才是自己的英雄 -

**第十章 /222**
- 我忘却了你,但是爱永不消逝 -

**第十一章 /251**
- "亏我这么喜欢你!"
"是,葵葵这么喜欢我。" -

**番外一 /270**
- 秀妻狂魔余虓烈 -

**番外二 /276**
- 我的猫 -

**后记 /281**

## 第一章
她像是新生的小花,朝着太阳开的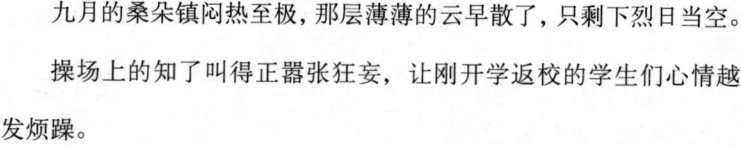

九月的桑朵镇闷热至极,那层薄薄的云早散了,只剩下烈日当空。

操场上的知了叫得正嚣张狂妄,让刚开学返校的学生们心情越发烦躁。

朱星吉从小卖部回来,站在榕树下仰头灌了一瓶冰可乐,看见文科七班门口的学生差不多散了,他这才甩着汗跑了过去。

高二文理科分班,大家都着急忙慌地想看看新班级里有没有熟悉的朋友,朱星吉看老师还没来,也探着脑袋凑过去看。

他块头大,一屁股就把旁边的同学给挤开了,手指点着那张隽秀小楷抄写的花名册,一行一行看过去,他倒是没有看到什么熟人,正皱眉呢,却突然发出一声惊呼。

"哟!"朱星吉一把揽过身后的同学,像是发现了什么新奇东西似的,边笑边读道,"你快看这人名字!余——九——虎——烈!

这啥家庭啊,给孩子取这样的名字!"

被他揽住的男生凑近一看,也乐了:"这是一个字,得连起来读。俗话说,认字认半边!这应该是余虎烈,否则就是余彪烈!"

朱星吉觉得他说得有道理,连连点头附和:"够彪的哈。"

他话音刚落,一只手突然从他脑袋后边伸过来,"咚"地撑住墙,那只手指节分明,弹钢琴似的在瓷砖上点了几下,却不知是何意味。

朱星吉以为开学第一天就有人找他的碴儿,惊恐回头,正想直接求饶呢,视线平行之处却只看见了对方的……校服领子。

他仰起头,又看见了……对方的复古大黑框眼镜,以及遮住复古大黑框眼镜的长鬓毛刘海。

对方这个打扮,彻彻底底挡住了上半张脸,而下半张脸呢,这人把夏季校服的领子竖得高高的,下巴藏了进去……

看上去就是个只会埋头苦学的土包子!

可对方手长脚长,又莫名其妙上来就给他一个"壁咚"。

朱星吉还是摸不透对方的来意,只好赔着笑,问道:"这位兄台,有何贵干?需要帮助请尽管开口!"

对方抬抬下巴,示意他扭头看回花名册,随后用纤长的手指指着他刚刚还嘲笑过的那个名字,开口说道:"余虓烈。"

他声音清脆好听,此刻对着文科班的两个学生像是教文盲认字一样，认真又耐心地读道："x-i-ao, xiao，一声。"

说完他就收回手，扶扶鼻梁上的老土眼镜，挠头笑道："不好意思同学，我没别的意思，就是乐于助人。新学期新气象，刚好教你们认识一下新字儿。"

他态度谦逊，挠头的动作透着腼腆和不谙世事，可不知为何，朱星吉就是看见他躲在镜片后的眼睛闪过一道光。

那道光的名字叫作——讽刺！

余虓烈不顾傻愣着的两个人，自顾自地走进了教室。

自他进门，原本吵闹的教室一瞬间安静下来，他忽略掉黏在他身上的众多目光，低着头径直往后排一个空着的座位走去。

他当然知道自己为什么吸引目光，就他这身打扮，校园里再找不到第二个。

但他想到自己许下的约定，默默地忍住想把眼镜取下来的冲动，打开书开始扮演一个爱好读书的书呆子。

而当他刚低下头，班主任马志远便推门进来，笑盈盈地刚在讲台上站定，还没来得及讲话时，门再一次被推开了。

一个娇小女孩出现在门口，像是跑过来一样，气喘吁吁，脸颊通红，盯着讲台上的马志远张了张嘴，但是没出声。

她对上众人看过来的目光，好像特别紧张的样子，伸出手整理

了下鬓角的碎发，又整理了身上的旗袍，在马志远要开口说话时，猛地向他鞠了一躬，蹿到了最近的一个空位落座。

教室里大家见状便开始哄笑，马志远也笑着挥手让大家安静下来。直到他开口自我介绍，余虓烈才抬起头来，而在讲台前第一排落座的那个女孩一直坐得直直的，面无表情，烧红的耳根慢慢褪了色。

第一天入学，领完课本便可以离开，余虓烈这学期才转学过来，临走时被马志远留住，去交了各项资料才得以离开。

而余虓烈此刻站在校门口前，看着眼前的大路小巷，有点蒙，他爷爷也就今早领着他从家到学校走了一次，他还没认路呢。

秉持着"条条大路通我家"的想法，他毫不犹豫地拐进了小巷——这天实在太热了！

余虓烈专挑阴凉的地走，肩膀缩着脑袋垂着，在别人眼里就像个不敢走大路的自闭症少年。脚边有个可乐罐，少年捡起来往角落的垃圾桶丢，没瞄准，罐子掉在外面滚了几圈。

余虓烈走几步想捡起来，刚弯腰，一只脚从旁边踢了过来，他本能地快速侧开了头，但仍有溅起的小石子打在了他的颧骨处。

易拉罐被踢到了墙上，发出"嘭"的一声巨响，而巷口响起三三两两的鼓掌声和讥笑声，几个人影堵住了出路，余虓烈摸了摸自己的脸，慢慢直起了腰。

面前四人吊儿郎当的，嘴里还叼着烟，看上去也就是高中生的模样，专门在中学门口蹲点，向其他学生"借"点小钱花。

余虓烈还是有身高优势的，他一站起来，就把吊儿郎当的四人给唬住了。

反应过来后，吊儿郎当的四人摆开架势将他围住，以防他跑了。

原本余虓烈这个身高，他们也不敢动手，只是早上在街口嗍粉的时候，看见这小子亦步亦趋地跟着他爷爷上学。这年头，新学期要老头送着去学校的也就幼儿园小孩儿了。

四人中为首的红毛少年收回脚，指着余虓烈跟身后的同伴说："看我的准星是不是又高了，说踢罐就踢罐，绝不踢这书呆子的脸。"

几个混混少年又是一阵哄笑，随后慢慢逼近余虓烈，见他低头站着不动弹，像是被吓怕了的样子，红毛少年便笑着拍了拍他的肩膀，哄骗道："别怕，小弟弟，今天开学领到多少零花钱呀？借点钱给哥哥买文具好不好？"

对着眼前这个一米八比自己还高的男孩，红毛少年就像是诱哄幼儿园的小孩一样，而这"小孩"却听话地主动卸下肩上的书包，一脸认真地翻找着什么。

四个混混少年见他在乖乖掏钱，松懈地手插兜倚靠在墙边，可

看他掏了两分钟,结果从包里拿出来一部老年机,另一只手摘掉眼镜,捋起厚重遮眼的额发,对着昏暗的屏幕……照起了镜子。

余虤烈天生皮肤白,轻轻一碰就容易留印子,刚练泰拳时,常常带着一身青紫的伤痕,头一晚回家在楼道里碰见邻居,对方以为是歹徒入室抢劫,直接报警了。

此刻他右眼下方已经肿起一块,微微泛青,一看就是被揍了。他想起那天自己正艰难地上着药,却被破门而入的警察制伏趴跪在地上的黑历史,觉得不能就这样回家。

开学头一天就在外斗殴,不得把他家老爷子气晕过去,那装了这一天的乖学生也是白费力气。

"我怎么回家?"

余虤烈把手机丢回包里,揉乱了前额的自来卷,食指屈起抹过颧骨下方,这才正眼看向了他们,语气轻松地问了一句。

"啥?"他像是换了个人似的,以至于红毛少年都没反应过来他说的话,本能地追问了一句,又破口大骂道,"哥哥不接受微信支付,别把你那破玩具手机拿出来。"

余虤烈怕弄脏书包,四处看了看,挑了块干净的草地,将包随意一扔,新领的课本散落一地。他晃了晃头,松松筋骨后挺直了腰背,气势也像陡然拔高了好几米,低头看着混混少年重复道:"我说——"

他手指点了点右脸,"这儿挂彩了,回家吓到你太爷爷咋办,你赶去尽孝啊?"

大概没想到这弱鸡突然大变身,四个混混少年先是愣了愣神,过了几秒才反应过来自己被占了巨大便宜,气急败坏地一齐冲了上来,也不管到底惹上什么人了。

就在混混少年冲上来的时候,巷子外边由远及近传来一阵清脆的车铃声,在余虓烈侧身轻松躲过一拳时,车铃声在他的身后戛然而止。

一声"咔嗒"后,有个小小矮矮的身影从外边冲了过来,自行加入了战场——

她几个高抬腿往混混少年肩膀上劈下,又抓住他的胳膊屈膝往腹部一顶。众人还没反应过来发生了什么,来的又是什么人,来的人是男是女,是高是矮,巷子里便倒下一片,或趴或跪。

而余虓烈立在中间,看着眼前的一切,瞪大了眼睛……

目测只有一米五的女孩喘着气站定了,伸手整理了下自己的小旗袍,抻了抻裙子,仔细抚平了褶皱,又将花苞头散落的发丝随意地地别在了耳后,这才冷冷地扫了躺在地上呻吟的四个混混少年一眼,转身出了巷子。

又听见"咔嗒"一声,余虓烈这才回过神来,赶紧追了出去,

而女孩已经扶着单车走出几步,没等余虓烈喊,她突然回头,看着此刻已经肿了半边脸又变回弱鸡的余虓烈,说道:"下次,结伴回家。"

穿着小旗袍梳着花苞头的娇小女孩扶着单车走进巷子里,青石板路硌着她的单车,车铃便晃悠着响个不停,夕阳斜斜地打在墙上,她扶着车像走进画里,又像是本来就在画中的女孩。

根本让人想不出她方才穿着旗袍高抬腿劈人的样子。

余虓烈还站在远处看着,整个人傻愣愣的。他第一次装弱鸡书生,第一次被小混混拦在暗巷打劫,第一次被"英雄救美",第一次觉得一个女孩……

他看着那块褪去阳光的墙,轻轻又激情高昂地吐出几个字来。

"酷毙了!连断句都这么酷!"

余虓烈被打了,心情很不好。可后来被"英雄救美"了,他就光惦记着那女孩了。

等他推开自家院门时,葡萄架上已经亮起了灯,月亮也跑到架子上去了。

"爷爷!"

他跑到屋里一看,余宝庆果然坐在椅子上等他,见他回来,哼了一声之后给他揭开了盖着饭菜的篮子。

"爷您怎么没去广场跳舞?隔壁李奶奶该等急咯!"

他洗干净手甩着水从厨房跑出来，端着饭碗咧着嘴揶揄爷爷。

余宝庆抿了口小酒，给他夹了几筷子肉，可惜道："可不是嘛，见我不去，转头和老陈头手拉手去了，你这么晚回来真耽误事！"

余虓烈笑得更欢了，牵扯到脸上的伤口，一手捂着脸"咝咝"叫唤了好几声，却也挡不住笑容。

他一进门，余宝庆就注意到孙子脸上一大块伤，此时瞟了几眼，便问："怎么，放学路上被人揍了？"

"嗯，被抢劫了。"余虓烈点点头，嘴里嚼着肉，淡定自若道，随后想起什么似的，突然坐正了，一手整理了下校服，讨好又谄媚地补上一句，"我可没打架啊，爷您看我这单薄的身板，打得赢谁啊？我是来乖乖读书的。"

余虓烈就怕被送回市里去，现在遇到了那个女孩，就更不想回去了。

余宝庆听着他"一心求学"的心还挺强烈的，打量几眼他的装束，了然地点了点头，在心中暗暗补了一句：也是，这副打扮去上学，你不被抢谁被抢。

"那乖孙要不要爷爷去你们学校找老师反映一下？"余宝庆看着他似笑非笑。

余虓烈连忙摆手，本来在爷爷面前，想装个只会读书的好学生，

不能不写作业、不能逃课、不能打架……不能早恋，可是小霸王的一颗心蠢蠢欲动，两片嘴皮子一碰就想跟爷爷讲讲现在的心情。

余虓烈舔舔嘴唇，伸手把额发撸了上去，想着今天下午发生的事和那个背影，忍不住露出一个笑来，昏黄的灯光就映在他的眼里。

他挪着椅子凑近余宝庆，轻轻说道："我被一个小女孩救了。她又小又乖，又酷又可爱。"

余虓烈拿筷子捅捅爷爷的手臂，挑着眉贱兮兮地说了一句："我这老家，还挺藏龙卧虎，钟灵毓秀，人杰地灵的哈。"

隔天，余虓烈出门前看见扔在院子角落的单车，想起昨天那个女孩临走时说的话，眼前一亮。

他将单车扶起来，拍了拍车座，呛了一口灰，回头问一旁打太极的余宝庆："爷，这车还能用不？"

这车不清楚什么时候买的，好些地方都掉漆生锈了，余宝庆一个月前从花架上摔下来伤了腿之后，这辆老式车就正式退休了。

余宝庆撩开眼皮扫他一眼，点点头："别说，这老古董和你还挺配的。"

这是在说他的打扮土。

余虓烈像是听不出来一样，嘿嘿一笑，自豪道："那就好。"

那就说明他的伪装很成功。

他把车扶出来，仔细地用湿抹布擦洗了，骑上车和余宝庆打声招呼，摇着响亮的车铃冲进巷子里。

他长手长脚的，宽大校服里鼓着风，长刘海被风微微吹向两边，戴着的眼镜也是从他爷爷箱子里翻出来的，老土却也衬得乖巧。

余宝庆在他转身后睁开了眼，看着他单手把着车头，踩着脚踏板站了起来，要去摘邻居院墙上垂下来的花，笑着摇了摇头。

余旎烈骑着车到了校门口，果然又引起了围观。他那辆"二八"单车太古董了，和他的人一样又呆板又土。

他扶着车像是不在意他人目光一样，进了学生单车棚后，左右环顾一圈，果然看见停在角落里的那辆粉色单车。

可是车主人已经离开了。他皱着眉头想了一会儿，突然灵机一动，掏出车锁把两辆车车头锁在了一起……

第一天正式上学，余旎烈打起精神，认真地扮演着认真听课——在课堂上盯着黑板胡思乱想，间歇在笔记本上乱涂几笔，皱着眉的样子就像在钻研老师抛出的每个问题。

一到休息时间，除了接水、上厕所，他就低头坐在座位上扮演书呆子，实则掏出老年机在桌兜里玩贪吃蛇。

终于到了放学时间，班主任马志远赶在大家离开前，夹着他的

语文课本到了班上,叮嘱了一句明天班会让同学们都自我介绍并且选班委,就又晃荡着离开了。

班主任一走,余虓烈就背上书包急切地从后门冲了出去,准备去车棚守株待兔,可前脚刚跨出去,后脚他就撞翻了值日生端来的脸盆。

一大盆水浇了过来,盆也重重地摔在地上,他被水浇得后退一大步,胸前的校服湿了好大一片贴在身上,他低头整理的时候,余光看到了眼前的人。

小小的姑娘脑袋才到他胸前,额发被溅出来的水打湿了,淡黄色的旗袍下摆也洇湿了一大块,由下至上地仰视着他,眼睛格外闪亮格外大。

这不就是昨天那个酷妹嘛!

余虓烈兴高采烈,对方却依旧是昨天那副冷酷模样,对视几秒后先转过头错开了视线,余虓烈便看见了她胸前的校牌。

桑朵一中不要求学生统一着装,只是每人进校前必须戴好校牌,她的校牌上写着"高二七班,许冰葵"。

和他同班。

他找了一天的人,就在他跑去见她的路上撞着了,而且一中这么大,不是高一偏偏是高二,不是六班、八班偏偏是七班!

这不就是缘分吗？以后都不用故意锁她车头了！

许冰葵伸出一根食指摸摸自己的湿发，垂着眼不再看余虓烈，一言不发地后退一步，让出位置请他先过，显然不记得他了，也不想和新同学多接触。

而余虓烈却猛地蹲下身捡起脸盆，拿起来时才发现已经摔出个大洞，立即低头道歉："对不起啊同学，我不应该在走廊跑跳的。"

许冰葵接过脸盆，皱了皱眉，决定明天带一个新的过来，动了动嘴唇，只说了几个字——

"下次，注意。"

是他熟悉的酷妹的酷式断句。

许冰葵拿着盆准备回班级，可刚转身要走，便被扯住了衣袖，再回头时对方已经是一副泫然欲泣的表情。

"可是……"余虓烈脑袋低垂着，声音越来越小，越来越悲伤，两根手指捏着她的衣袖晃了晃，又侧头故意露出带伤的右脸，撇着嘴好不可怜。

"可是女侠，那几个小混混扬言今天要继续堵我，我放学得赶紧逃跑，不然被抓到，就不是这点皮外伤的事情了……"

余虓烈故意咬重"小混混"，见她神色平淡，反应好像稍慢了一拍，索性用另一只手捂住脸，突然号啕大哭。

"我爸妈都在外地务工,家里只有一个爷爷,并且腿脚不好。我不想被打,我还得回去照顾他,呜呜呜……"

气氛已经超越普通简单的悲伤了。

"别……哭别……"许冰葵这才记起余虓烈来,冷酷的神态再不复见,此时只剩语无伦次和手足无措,关键是手也动不了,因为袖子被他越拽越紧。

旁边几个班级还有学生没有散去,便有幸看到了这样一幅画面——一个土包子当众碰瓷娇花,疑似赔不起摔碎的一个塑料盆……

于是,余虓烈顺理成章地留下来等许冰葵一起放学,他拿出课本佯装背书,实际上托着下巴一直盯着她看。

许冰葵正在擦黑板,感受到黏在自己身上的视线后回头,正好对上了余虓烈的眼睛——他刚刚戏演得太过了真飙出几滴眼泪,此刻眼角还红着。

他便在许冰葵的注视下,微微转过头,嘴角慢慢地、匀速地往下垂,眼睛也眨巴眨巴像是又要哭出来。

许冰葵立马回过头,擦黑板的速度也加快了,甚至蹦起来擦。

她长这么大,第一次碰见这么惨的人,真是太惨了!

许冰葵终于忙完了。

两人像连体婴儿一样走出教学楼,许冰葵终于别扭着往前小跑了一步,躲开了身后亦步亦趋的高大少年。

"我骑车,你先去校门口……等。"

余虓烈掏出自己的钥匙晃了晃,又跟了上去:"我也骑车。"

许冰葵无法,只能硬着头皮往车棚走。她不习惯与旁人走这么近,不管是哪个含义上的"近",这样都容易暴露自己的缺陷。

而且对方还这么高,像是单手就能把她拎起来。

她不自在地摸了摸后颈,耳后发丝散乱开,余虓烈便看到她粉红的耳根,在阳光照射下还能看见一层细细的绒毛。

她穿着淡黄色的裙子,捏着书包带乖巧地走在前面,偶尔回头看他一眼,又假装淡定自若地与他保持距离,可实际上眼底写满紧张。

余虓烈跟在她后面走了这么一段路,才知道这人也在假装,她才不是什么酷妹,明明就是朵小花。

到了车棚,许冰葵去扶车,自行解了锁,却发现车动弹不得。她绕到车头,才看见一把大锁将她的车和一辆陌生的老式单车锁在了一起。

她环顾四周,没看到别人,正着急着,余虓烈默默地蹲下来,掏出钥匙淡定地解锁。

"咔嗒"一声,锁解开了,而余虓烈则仰头露出一个讨好的笑容,解释道:"对不起啊,我爷爷锁买大了,又短,锁不住旁边的栏杆。"

所以把别人的车一起锁了，贼也偷不走?

许冰葵有点恼，几次动了动嘴唇想说点什么，却始终一言不发，扶过车就走。

余虓烈赶忙跟上去，在保安室门口追上她，下垂的眼角显得格外无辜，终于说了实话——

"对不起，其实我知道这辆车是你的，我是故意的。我不想被打，所以想等你一起回家，但是没想到会在走廊碰见你。"

他还是那句话，又快哭了："我不想被打……"

许冰葵也快哭了。

不知是不是余虓烈身上的弱鸡气息太浓郁了，原本在屋里看电视的保安大叔突然朝这边扫了几眼，随后脚步匆忙地走了过来。

"小姑娘，你们干吗呢?在校内必须规矩点!"保安大叔手里拿着记名本，是要准备上交给教导处的。

"叫什么名字，几年级几班的?"

许冰葵的脸因为保安大叔前一句话通红不已，还没来得及反驳，又因为后一句话小脸煞白。

"不是不……"她连忙摆手，试图解释，却喉头哽了几次。

"不是啥?"保安大叔一边拿着笔点点本子，催促她赶紧交代姓名，又一边小声嘀咕，"小小年纪就像母老虎了，人看着乖巧得不得了,是要动手打人了?"

许冰葵听见,小脸蛋又开始青一阵紫一阵。

见状,余虓烈上前把她拦在身后,刚想解释,身后便传来好长一声哽咽。

"我——我不是母……老虎……"许冰葵抹着小脸,眼泪不止,说话断断续续,但是有条不紊,"没有打……打人,我们是……同学关系!就算……到了教导主任……那儿,也是这样!"

她这一哭,把在场的两个爷们儿都给吓住了。余虓烈看一眼保安大叔,眼神里写着"你完了,你把小朋友吓哭了"。

而保安大叔看着余虓烈,手足无措,眼里透着惊慌和催促:"还不快哄哄你同学?"

"对对对,我们就是同学关系,刚认识两天,我是没完成作业怕被我爷爷打,想借她作业抄,许同学不答应,我才苦苦哀求的!"

余虓烈一边连忙把许冰葵牵到校门口,一边找了借口搪塞保安大叔,他也想说英雄救美那件事啊,可英雄现在哭得上气不接下气,谁信啊?

保安大叔接收到余虓烈的眼神,用尽毕生所学附和他,成语还全都用错了,只想赶紧把他们打发走:"哦哦哦,原来是这样啊,那这位小同学真是大义凛然,义薄云天,是个好榜样啊!赶紧回家吧,家里人该等急了。"

余虓烈又跑回去,一手掌着一辆车扶出来,又掏出纸巾递给许冰葵,她才慢慢止住哭声。

余虓烈挠挠头,为这出乌龙真诚地道歉:"对不起啊,是我害你被误会了。"

许冰葵接过自己的车,低着脑袋晃了晃,不让人看到自己的脸,却打了一个长长的哭嗝。

余虓烈:"太对不起了!"

他这一天光和人说对不起了,行为恶劣到令人发指。

可许冰葵脑袋又摇了摇,哭过后带了点小鼻音,跟他说:"没关……系。"

她吸了吸鼻子,抬起头来看他的时候,眼里盛满了水光。这次是她捏住了余虓烈的衣角,急切地、慌乱地、结巴地说道:"但是……你能不……能帮我……保守秘密?"

余虓烈被她的可爱冲昏了头脑,丝毫没有犹豫,爽快地答应:"嗯!"

嗯?什么秘密?

余虓烈看过太多闲书了,他不知在哪本书上看到过一句话:一个人需要隐藏多少秘密才能巧妙地度过一生。

而他现在坐姿端正,神情专注地看着满黑板的板书,心里却在想:我要如何帮小朋友隐藏这个秘密,随后巧妙地提出每天和她回家的要求呢?

他的视线渐渐下移至第一排正中的后脑勺上,那颗梳着花苞头的脑袋像是有所感应,突然压低身子回头看向他,两人视线撞在一起,他扬起笑容,而许冰葵却是抿唇立即转了回去。

余虓烈眼神敛了敛,有点沮丧:你看,这还不够,还得再巧妙点。

一筹莫展的他不知道下一节班会课,马志远同志便送来了时机。

刚打上课铃,马志远便拿着花名册进了教室,他先是慷慨激昂地动员了一下马上升高三的学生,随后便进入了正题。

"虽然同学们坐在同一个教室里上了三天课,但相信很多人还不认识对方,恰好我们今天要选班干,接下来就由同学们做自我介绍,有意愿担任什么班干的,可以自我推荐哈!"

马志远先是在黑板上写下了各个班干职位,随后请大家一一做介绍。

第一个站起来的人余虓烈还有点眼熟,是开学那天在教室门口念错他名字的小胖子。

朱星吉外向,第一个站起来也丝毫不紧张,嬉皮笑脸地和大家打招呼:"各位新同学好,我叫朱星吉,你们可以叫我猪猪、吉星、星星,但是不能叫我小星星,'小'这个字不大适合我的体形哈。"

他作势摸了摸自己圆滚滚的肚子,全班哄堂大笑,连马志远在讲台上都笑着点了点头。

朱星吉便又道:"我的爱好是跑步——"

台下一片嘘声。

"哎,别看我胖,但是跑得快,就等着下一次运动会为班集体发光发热呢!"朱星吉看气氛起来了,便越讲越兴奋,"我还爱读书,这个学期的目标是把《新华字典》倒背如流!"

余虓烈听到这里,悄悄地翻了个白眼,实在不相信把他名字拆读成"余九虎烈"的人能背出《新华字典》。

他没兴趣再听下去,便又开始盯着花苞头看,直到花苞头站了起来。

"我叫……许冰葵,爱好读书,不爱讲话,谢谢大家。"

许冰葵讲了不到二十个字,还在这二十个字里直接拒绝了想和她讲话的同学。

要是之前,余虓烈会觉得酷妹真的强,可看着她坐下后又侧过脸偷偷松口气,在她同桌讲笑话时又努力绷直嘴角假装高冷。

他想，酷妹大概也不想自己那么强。

轮到余虓烈做自我介绍了，班上众人的目光渐渐聚集在他身上，而花苞头则微微扭过来，等待着他说些什么，她今天的额发被一枚小草莓发夹夹住，妥帖地别在耳后，便露出了那只小巧可爱的耳朵。

余虓烈缓缓起身，高大的身影遮住了小窗投进来的光，他扭捏地推了推眼镜，开口的内容更是简洁，以他的名字作话题展开了辩述。

"余虓烈，x-i-ao-xiao，不叫余虎烈，也不叫余彪烈，更不叫余九虎烈。"

他说完便坐下了，在众人呆滞的目光中径直翻开了语文课本，嘴里开始念念有词地背书，做派像极了书呆子。

大家都被他惊到了，只有花苞头低头抿嘴，悄悄弯起了一个小小的弧度。

全班四十多人介绍完毕，马志远便根据自荐选出了几个班干部，最后只剩下语文课代表和体育委员未就位。

这两个都没人自荐，特别是体育委员一职，大家都不情愿担任，因为很累，特别是一到运动会报名的时候，那可是得"抓"同学们报名参赛啊。

马志远在讲台上笑着点名："朱星吉，你不是既爱跑步又爱读书嘛，我看这两个职位你都挺适合的，要是你难以取舍的话，也可

以破例让你身兼两职。"

朱星吉在座位上头摇得像拨浪鼓一样:"不不不,学习要培养乐趣,我已经体会到学习的乐趣了,老师你让别人也有机会培养培养。"

班上同学又开始哄笑,马志远便做手势让大家安静,随后笑着看向第一排。

"作为语文老师,我就来委任这个课代表吧。小许同学,我对你还有印象。"

他慈爱得很,可是许冰葵却一脸惊恐地看向他,不可置信地用手指了指自己。

"对,就是你。"马志远像是捡到宝一样,从语文书里取出一张折叠整齐的试卷,"许冰葵,你上学期的期末试卷是我改的,作文满分,我真是挑不出错来,你对自己写的东西还有印象吗?"

许冰葵手抖着接过那张试卷,随后便又不出意料地听见那声死亡召唤。

"来,你上讲台来,给大家读读你的作文。"马志远给她让出位置,笑眯眯地鼓励,"让大家听听挑不出错的文章是什么样的。"

全班自发响起掌声。

"我……我不行……"许冰葵手脚都凉了,嘴里小声呢喃着,可谁都没听到,她的同桌也站了起来,给她让座出去。

许冰葵用哀求的眼神看向马志远,他却以为她是惧生,做了个加油的手势再次给她打气。

她骑虎难下,手脚并用地被请上了讲台。

众人都抬头托腮期待地看着她。她长得好看精致,每天又打扮得像小公主一样,谁都想多看她几眼,但是她太冷了,不瞧人,声音好听却不怎么说话。

此刻有这么好的机会,大家都齐刷刷地盯着她,后排还有男孩子吹起了口哨。他们想听的哪是马志远口中的满分作文啊,想听的是仙女口吐珠玑。

就在这样的众目睽睽下,许冰葵低着头双手捏紧了自己的裙边,手心里的冷汗将布料都打湿了。她满脸通红,脑海里不断回响起小时候听到的话——

"那你就少说话。"

"少开口!少说话!"

许冰葵放弃挣扎,准备就这么沉默羞涩地站到全场尴尬,直到马志远把她叫回台下。

可就在班上响起第一声催促时,后排有人猛地站了起来。

许冰葵听见尖尖的、刺耳的椅子挪动声。

因为不抱希望会有人替她解围,她一直没有抬头,可余虓清脆的声音突然就在耳边响了起来。

但是,弱弱的。

"老……老师,我还可以竞选语文课代表的职位吗?"他挠挠头,冲许冰葵眨眨眼,露出一抹腼腆乖巧的笑,低头扭捏道,"我性格内向胆小,很有意愿担任这个光荣又神圣的职位,希望更好地锻炼自己!"

他嘴巴不停:"老师,我也可以上台朗诵作文吗?您昨天提起了竞选班干的事情,我还为此准备了演讲稿呢!"

他看向马志远,对方呆呆地点了点头,准许他上台:"那看……余虓烈同学这么积极地参选,余同学就上来读读竞选稿吧。"

余虓烈便高高兴兴地上台了,两手空空也没见他的稿子。路过许冰葵的时候,他笑着低低地说了一声:"女侠放心,那是我们俩的秘密,我会保护好呢。"

他做了个"请"的手势,示意许冰葵站到一旁,随后清清嗓子,便开始背小学五年级水平的演讲稿。

"亲爱的老师,同学们,下午好!这次我要竞选的职位是语文课代表。我从小热衷于国内外文学名著,八岁倒背《西游记》,九岁倒背《钢铁是怎样炼成的》……"

余虓烈轻飘飘的眼神落在朱星吉身上，方才扬言倒背《新华字典》的人突然打了个寒战，微微发抖。

他真是太久没见过这么装相的人了，他不管钢铁是怎样炼成的，此刻他就想问问讲台上这个人——这样的钢铁脸皮到底是怎样炼成的？

## 第二章
### 钢铁是这样炼成的

"我的演讲完毕。"

余虓烈扶了扶眼镜,一本正经地冲着大家左右鞠了两躬,仿佛自己现在不只是在讲台竞选一个课代表,而是站在国旗下面向全校师生的演讲。

听完这八百字通篇都在吹牛但是又真诚无比的演讲,台下的马志远迟迟没有反应过来,余虓烈接着说道:"其实我还准备了一篇作文。"

他说完,便一脸期待地看向马志远。

马志远现在就像是方才的许冰葵,"骑虎难下"四个字写在了脸上,只好抹了抹额头的汗:"行,那就让我们再听听余同学带来的作文。"

其他同学也只好附和,实际上以朱星吉为首的部分同学早就想拿臭鸡蛋把他砸下台来。

只有许冰葵,看着余虓烈高大的身影,侃侃而谈丝毫没有之前懦弱的样子,心生羡慕。

她因为自己的缺陷,从小对这种人莫名崇拜又隐隐羡慕,因而此刻看着他的眼睛亮闪闪的,对他吹的牛……也全都照信不误。

八岁倒背《西游记》,九岁倒背《钢铁是怎样炼成的》——这也太厉害了!

余虓烈郑重地清了清嗓子才开口,他双手悄悄地朝许冰葵比了个"OK"的手势,意思是让她安心。

许冰葵愣了愣,又盯着他骨节分明的手发呆。

余虓烈没记错的话,上学期期末考试他的作文也拿了满分,试卷被语文老师发到班级群里,他在同班好友面前拿这事吹了一个暑假的牛,差点没被对方拉黑。

他回想着作文内容,语调抑扬顿挫,真真正正地开始了脱稿朗诵。

因此当他话音刚落,马志远便带头鼓起了掌,用捡到宝的惊喜目光看着他,而其他同学也反应过来,教室里一时响起了雷鸣般的掌声。

余虓烈趁着大家没注意,悄悄看向许冰葵,偷偷对着小姑娘眨了眨眼。

随即他也没管红着脸侧过头的许冰葵,又转头看向台下,恢复了之前害羞内向的样子,腼腆地挠了挠头,冲着大家鞠躬,恳切道:"希望大家投我一票,我一定会履行好课代表的义务,与同学们互帮互助,共创辉煌!"

其他同学被他搞得还挺激动,当即便为他叫好——台上这位是多励志向上的书呆子啊!

马志远走上台来,拍了拍余虓烈的肩膀,随即又看向一旁的许冰葵,着实为难。

"这……"

还没等余虓烈说话,许冰葵便高高伸直了手,面无表情道:"我投余同学……一票。"

马志远只好笑着说:"那这样也好。那以后我们班上的语文课代表就是余虓烈同学了。当然往后大家有什么难题疑惑,同样也可以请教小许同学。"

许冰葵跟着点点头。她耳根还是红的,察觉到余虓烈惊讶看过来的目光之后,烧得更加厉害,抬腿就要下台回座位,可刚一动弹,手臂便被人轻轻拉住了。

许冰葵一愣,便看见拉住自己手的这位新任语文课代表,脸上扬起他惯用的、腼腆讨好的笑容,对着班主任提议道:"那老师,学习要注重德智体美劳,我觉得小许同学或许能担任我们班的体育委员。"

"?"

许冰葵小小的脑袋,充满大大的疑惑。

余虤烈不知死活,继续说道:"或许她还能再长长身高。"

刚刚对他改观的许冰葵在台上愣了半晌,回过神来时,放学铃恰好响了起来,马志远急着去开会,便欣然同意了他这个提议,随即离开了教室,只留下他俩在讲台上。

而已经被命运捏住咽喉的许冰葵看着面前这张笑得开怀的脸,拳头握了又握,才忍住没有一个反手将"救命恩人"过肩摔在地上。

等他们俩扶着单车出校门时,学校已经没什么人了。余虤烈照例捏着书包带子,一副小白菜的样子跟在许冰葵身后,在许冰葵时不时回过头悄悄看他时,向小姑娘扬起一个大大的笑容。

这样的笑容绝无仅有,这样的余虤烈也和在班级时不一样,让许冰葵立刻红着脸转回头去。

她脚底踩到硌人的小石头,顺势慢慢减缓了自己的脚步,与余虤烈并排而行。

余虤烈便得寸进尺地凑过来,逗她:"女侠,你介意我抢了你

的语文课代表吗？"

许冰葵立即慌乱地摇头："当然不是。"

余虓烈佯装松了口气，拍着胸脯说："那就好那就好，我还真的蛮想争取这个课代表的，但是没勇气，还是看女侠上台了，我才敢举手的！"

他这一番话，撇清了自己是为了帮许冰葵解围才赶鸭子上架。

他这话说完，看见许冰葵也像释然般偷偷松了口气，眼里更是盛满笑意，便继续道："也还好女侠你当了我们的体育委员。你文武双全又正直善良，肯定能带着我们班全面发展德智体美劳！"

听他这么一蛊惑，许冰葵突然觉得这好像也不是件坏事……

打记事以来就没有主动交过朋友的许冰葵食指抠了抠车铃，在清脆铃声响起时，也真诚夸奖道："你那篇作文……很不错。"

"你的作文才不错。"余虓烈又开始信口胡诌。

他揉了揉自己的头发，把眼镜往鼻梁上扶了扶，又把校服拉链提到下巴处，土包子和书呆子的气质一下子就拉高了两个级别："我那都是为了应付考试背的范文，你看我不就是死读书的人吗？"

许冰葵回想了一下余虓烈的表现，全程脱稿朗诵，甚至两只手时不时地在身后做着奇奇怪怪的手势。

的确挺像是背下来的，还挺滚瓜烂熟。

许冰葵微微皱了皱眉头，劝道："死记硬背……不可行。"

余虓烈等的就是她这句话，立马垂头丧气满面忧愁地说："我也知道不可行，但是我底子差，考试全靠背下的范文拿分。新学期马上就有一次摸底考试了，要是让老师和同学们知道我胸无点墨，肯定会让我卸任让位的……"

他看了眼许冰葵，眼里写满对课代表这个光荣神圣职务的不舍："到时候就靠女侠你继位了。"

许冰葵如临大敌，立马接上他的话，主动跳到他的坑里，因为急切，开口更是磕磕绊绊了。

"你……你别……别担心！我语文成绩……还不错，我可以帮助你……加强学习。"

看着她可爱慌乱的样子，余虓烈眼里满是笑意，忍不住伸手揉了揉她的头，语气无比真诚："这么拜托女侠实在太不好意思了，但是无比感谢！"

许冰葵没有在意他的手，心思已经全部投入这个严峻的任务当中，开始盘算该如何循序渐进、一步一步地为他巩固基础。

余虓烈见目的达成，扶着车摇了好几阵清脆响亮的车铃，却突然感受到身后的强烈目光，浑身不自在。

他装作不经意地回头，正好撞上一个男人的视线，对方像是愣

了一下,旋即低下头,十分刻意笨拙地移开了目光。

余虓烈敛了敛眸子,上下打量那男人。对方穿着灰色长褂,头发用发胶整齐地梳向脑后,看上去温文尔雅,像个瘦弱文人,但长年练拳的余虓烈一看,明显能看出他肌肉发达。

当他转回头去,又感受到了身后的目光。

于是他凑近了许冰葵,一本正经地喊她:"女侠。"

许冰葵已经习惯了这个称呼,轻轻"嗯"了一声,已经盘算好先从阅读理解和背诵诗词一起下手,让他提高基础分数。

可余虓烈又碰了碰她的手臂打断她的思绪。

"我们身后十米外,有个大叔一直跟着。"

"嗯?"

许冰葵目光一沉,立即转头,又变成了那个高抬腿的厉害酷妹。

可当她的目光随着余虓烈的手指,看向那个衣冠楚楚的跟踪肌肉男后,她立马笑开了怀,惊喜无比地大喊了一声——

"爸爸!"

余虓烈看着她的美丽笑脸,回顾了一下方才的剧情,整个人彻底不好了。

远处跟了一路的许蔫年走过来,接过女儿的单车后,旁边那个高个儿小伙还没回过神来,他便挑眉看向自家小姑娘。

许冰葵牵着他的衣角晃了晃,有些扭捏,又有些害羞地小声道:"爸爸,这位是我的……朋友,他叫余虓烈。"

听见她的介绍,余虓烈才反应过来,深深提了一口气,对着许萏年鞠躬道:"伯父好!"再抬起头来时,嘴角已经高高提起。

而许冰葵已经红了耳根,侧身躲在了父亲身后。

许萏年也笑着和余虓烈打招呼,随后跨上车,载着许冰葵准备回家。

离开时,许冰葵往余虓烈怀里塞了一个纸袋子,是许萏年带来的热包子。

她侧身坐在单车后座上,单手搂住父亲的腰,冲余虓烈扬起一个大大的笑。

等他们的粉色单车慢慢远去,又转入青苔石板的小巷彻底消失后,余虓烈还像是重重被击中似的站在原地。

许冰葵坐在后座,将脸贴在父亲背上,问道:"你怎么提前……回来啦?"

许萏年上周去了邻市与好友相聚,原定这个周末才回。

许冰葵想到方才的一幕,"噗"地笑了出来,不等许萏年回

答又立马说道:"爸爸,刚刚余同学还……把你当作……跟踪狂大叔。"

"我有那个气质吗?"许菏年摸了摸鼻子,想到与男孩对视的那一眼,早猜到对方想歪了。

"其实我从校门口起跟了你们一路。"

"啊?"

"但是看见你们聊得那么开心,我就没上前打搅。"

许冰葵约莫有点害羞,不再作声,打开纸袋开始啃包子,突然发现有点不大对劲。

她爱吃这家老铺子的包子,许菏年偶尔来接她放学时都会带上一个,只带一个是怕她贪嘴撑住了胃就吃不下饭,今日却买了三个,给了余虓烈一个,她这里还有两个。

许菏年低低地笑,道:"我们的小葵花交了新朋友,当然要分享给朋友,还要再额外奖励你一个。"

晚上余虓烈洗完澡,拿起抽屉里自己原本的手机,才发现有好几通未接电话。

他刚想回拨过去,就一连来了好几条微信消息——

"故意不接我电话?"

"余虓烈,我下午和你现在的班主任联系了,听说你竟选了班委?"

"你的学习问题我一向不担心,但是按照我们一开始说好的,你回桑朵陪爷爷,不逃课不打架,做个安安分分读书的好学生。"

"你要是惹爷爷不痛快了,立马给我从桑朵滚回来。"

仅仅是几条文字消息,余虓烈也能联想到手机那头发消息的人有多么面目狰狞。

他擦擦头发,回复了一个简简单单却气人的字:

"1。"

过了一会儿,他像是想到了什么,又把手机翻出来,再添上一句:"劳烦把我班主任的号码转发给我。"

那边很快把号码转发过来,非常识相地也没再说些别的。

余虓烈便从书包里掏出随身携带的老年机,湿毛巾挂在脖子上,双手捧着那部小小的手机,笨拙地按着小按键打字,因为拇指大,时不时还按错。

半个小时后,他才大功告成躺倒在床上,气喘吁吁,后悔买了这部老年机。

而正在家中书房写教案的马志远则收到长长一条短信,以各种角度论述了一件事情,其中心思想就是——换座位。

马志远一头雾水，回了一个问号——简单点，麻烦你的套路简单点。

那头立马回复："老师，我是余虓烈，我现在作为语文课代表，已经制订好了早读的带读安排，也会严格按照老师的要求把关同学们背诵诗词好句。为了日后背书更加方便，我请求换座位至前排。以我现在最后一排的座位，若是同学们排队去我那里背书的话，乌压压一片，教导主任路过一看，影响班容班貌！"

马志远满头大汗，他的要求也算是合理，但是他作为班级个头最高的一位，提这个要求，真的不过分吗？

马志远抹抹额头的汗，尽量做出让步。

"行，我倒是有一个好办法……"

第二天六点整，轮值去校门口检查佩戴校牌情况的朱星吉已经到了学校，原本以为自己是最早的，但是刚踏进教室，他嘴里叼着的三明治便掉在了地上。

他揉了揉眼睛，直到余虓烈从书里抬头看了他一眼，他才相信这是真的——原来余虓烈真的是勤奋刻苦，对学习热情高涨的人！

朱星吉为昨天自己没给对方投那一票还恶意揣测的行为感到抱歉。

他捡起地上的三明治,一边尴尬地打招呼,一边往自己的座位上走:"哦嚯……余同学这么早呢?真好,我真是为班集体选出了一位优秀的课代表。"

余虓烈挑挑眉,在他转过身后凉凉地说了一句:"那我可真是谢谢你。"

朱星吉抖了抖,余虓烈虽然一眼看上去是个良善好欺的弱鸡,但是自从第一次见面就被他"教认字"之后,朱星吉就莫名怵他,同样是弱鸡,至少对方长手长脚,战斗力总比自己这一身肥肉强吧?

朱星吉放下书包,立马跑了出去。

而之后每一个进教室的同学都以同样诧异的目光投向了余虓烈——一夜之间,讲台旁突然多出了一套桌椅,而新任的语文课代表挺直脊背,正双眼发光地看着语文书。

表面上干劲十足的语文课代表内心却无比怨愤,他想和小姑娘当同桌,可没想到费了那么多口舌,最后得到了这个"特殊待遇"。

可当他要等的小姑娘同清晨薄阳一并出现在教室门口时,他登时打起了精神,他背脊挺直,装作认真读书没看到许冰葵的样子。

果然,在她来到座位坐定后,余虓烈的后背被戳了戳,圆珠笔笔帽按压在他的右肩下方,他笑着要转身,眼前却径直伸来一个碎

花便笺本。

余虓烈诧异,接过本子后依然回过头去看许冰葵。可许冰葵已经匆忙打开语文书,低着头小声背诵,一副生人勿近勿扰的冰冷模样,实则眼皮微颤,紧张到在桌子底下揪背包带子。

在余虓烈转回身后,她才松了一口气——她不愿意在同学面前暴露自己的缺陷,要是余虓烈和她搭话,她保不准会在同学们面前面红耳赤出丑的。

而前桌的余虓烈打开本子,映入眼帘的是满满一面的笔记,字迹娟秀,整整齐齐列好了巩固基础的各项提要。

余虓烈的手也不禁开始颤抖。

他十几年的学生生涯里,收过粉色书信,上课传过小字条,但从来没人给他递过特意整理好的笔记。

上面还特意注释了——冲刺高考:语文必考基础知识汇总,考试不丢分,学习不差人。

余虓烈:"……"

过了几分钟,许冰葵的桌子被敲了敲,她抬眼便见到余虓烈一手绕至背后,将本子送回到她桌面上。

许冰葵疑惑着打开,一眼便看见了右下角多出来的一行字。

"多谢女侠!以后我坐你前桌,一定好好学习,不辜负女侠的心意！"

许冰葵抿嘴露出浅浅一抹笑容，提笔回道："好，加油。"

想了想，她又在句尾画了个圆滚滚的丸子，脑袋上绑着束发，像个古代的小娃娃，正伏案做题。

余虓烈看着那个可爱丸子，闹了一夜的心才彻底平复下来，觉得这个挨着讲台坐的"特殊待遇"也非常好！

可前提是坐他身后的人得一直是许冰葵……

第一节是语文课，马志远夹着书进门时，特意看了眼余虓烈，确认了他的个头不会遮挡后座看黑板后，笑眯眯地开了口：

"大家应该都注意到了今天的座位有小小的变动。

"为了方便大家以后的背诵抽查，我们的语文课代表特意坐到了前排，而我在深思熟虑后，也做了个决定。

"往后我们每个月换一次座位，以整个组为单位平移调换，以便每位同学都能享受到中间排的好视角。"

"也就是说……"马志远看了眼面前一瞬瞪大眼睛的余虓烈，不顾他眼里的震惊和怨愤，甚至无情地拿他举例，"余同学的座位会一直不变，而他身后的人这个月是小许同学，下个月调换座位后，就是朱星吉同学。"

余虓烈在心里爆了一句粗口。

　　许冰葵在心里点评:"老师很贴心。"

　　而朱星吉不经意间瞥到余虓烈握紧的拳头,害怕地抖了抖。

　　新学期的第二周,桑朵一中图书馆翻修后重新开放,活动课时管理员至各个班级通知并为学生办理借书证,余虓烈为了稳住自己"书痴"的人设,第一个举手报名。

　　他拿着崭新的借书证,转身想和许冰葵说话,便见小姑娘低头看着桌兜,入迷极了,手上也不知道拿着什么。

　　余虓烈微微抬起身子,才看到她也拿着借书证,而那本借书证上已经一行一行地盖上了图书馆的公章,显然是经常去借书。

　　他敲敲许冰葵的桌子,轻声问道:"女侠,你……"

　　他突然出声,把许冰葵吓了一跳,她快速合上手中的绿皮小本,不能见人一样"嘭"的一声塞回桌兜里。

　　她猛地抬起头来,却没想到余虓烈凑得这么近,她惊慌失措的样子直直撞进余虓烈的眼里。

　　两人脸对着脸,隔着两掌宽的危险距离,一时都没有反应。

　　直到十几秒后上课铃响起,许冰葵才眨着眼慌乱地侧过头,径直翻出数学书来,不再看余虓烈,也不管他刚才想说什么。

　　她这样子活像是做了坏事被抓包,可余虓烈却含着抹笑转过身,把这认定是小害羞。

放学后,余虓烈送作文本去办公室,回来发现许冰葵的座位已经空了,只在他的桌上留了张便利贴。

"余同学,我今日有事,先走一步,你路上注意安全。"

余虓烈这才醒悟过来。

他一把掏出书包就往车棚跑——许冰葵的确行为古怪,难道是又在哪条巷子行侠仗义救下另一棵小白菜就不管他的死活了,那真的事情大发了!

脑袋里浮现起许冰葵和另一人约着上下学,去图书馆看书借书的画面,余虓烈如临大敌。到了车棚,却发现那辆粉色单车依然锁在原处。

他踢了踢脚边石头,便决定留下来等待,看看是哪棵新晋小白菜挖了他的"墙脚"。

而许冰葵从图书馆出来往车棚走,远远便看到树荫下那个熟悉的高大身影,她呆了一下,然后握紧了手中书袋走了过去。

"你怎么……还在这里?"许冰葵解开车锁,把书袋放在单车前筐里,却不敢看余虓烈的眼睛。

余虓烈扶车跟上她,胡诌:"我刚刚已经出校门了,但在门口看到那伙小混混,想着你的车还在,就……又折返回来了。"

"女侠,你不是有事先走吗,怎么从图书馆里出来呀?"余虓烈低头看着她的花苞头,试探着问。

他的目光又越过许冰葵,紧盯着图书馆门口,就怕里头接着走出什么人来。

而许冰葵紧张地乱摇车铃,小声说道:"我去图书馆……借资料。"

她停下车,此地无银三百两地打开书袋,给余虓烈看里面的书。

的确有两本是课外辅导书。

余虓烈还是不全信,看许冰葵这样子,明显是做了亏心事。他又道:"那下次我也跟你一起去吧,我正想多借几本书,女侠给我推荐一下。"

许冰葵好像更结巴了,为难地点头:"好……好。"

她收拾书袋,正想重新跨上车时,便听到前面有人喊她。

"冰葵。"

两人一并抬头看去,见到保安室前的柏树下站着一位老人,头发花白,穿着合身的旗袍,双手交叉放在腹部,手上还拿着碎花小包,目光沉沉地望向这边。

很有风韵。

余虓烈想起前几天见到的许冰葵父亲,肌肉发达却套着一身儒雅长褂,不难猜出这是许冰葵的奶奶。

他转头看向许冰葵,却看她不像那天见到父亲一样欢快,甚至有点慌乱地朝老人挥手。

他刚张口想道别,许冰葵却"啪"地踢下单车脚撑,翻出书袋里那两本辅导书一并塞进他的怀里,红着耳根用足以让远处老人听到的音量大声说:"谢谢你……借辅导书给我……很有用!那我先走了,余同学明天见。"

她走前仰头与余虓烈对视,眼睛里写满莫名的恳求,额头鼻尖也微微冒汗,之后便脱手离去,不顾一脸蒙的余虓烈,扶着车跑向老人。

许冰葵说谎技术拙劣,跑到春田面前还喘气不停,刚好掩饰了她的心虚,可因为举止不得体,惹来长辈责怪的目光。

她深吸一口气,抿嘴喊道:"奶奶,我们走吧。"

春田看了眼不远处的高大男孩,见他架着黑框眼镜一副穷苦好学生的模样,便没作声。许冰葵也回头看了几眼,主动解释道:"余同学是我们班……语文课代表,昨天借了我……辅导书,我们刚从图书馆……"

"好了。"春田听她一句话说得磕磕绊绊,面无表情地打断,"知道了,我也是到这儿来给客户送旗袍的,刚好放学便在这儿等着你。"

许冰葵方才上涌至面颊耳根的血气全部褪去，默默点点头，扶着单车跟在春田后面，不再作声，也像不在意似的再不回头看余虓烈了。

而余虓烈呢，停在十米外，打开了许冰葵像是特务接头一样交给他的两本那厚厚的《衡水重点中学状元手写笔记 数学》《衡水重点中学状元手写笔记 历史》。

当余虓烈翻开书封，就知道许冰葵的古怪之处了。

他像收获惊喜似的，一手摘下厚重眼镜，确认一样再仔细翻看几眼。

随后他抬起右臂遮脸，缓缓地蹲在地上，笑得眼泪蹭在了衣袖上，肩膀也一抖一抖，难以克制。

再看他手上摊开的那本书，披着状元笔记的封皮，实则印着大大五个字——《倚天屠龙记》！

这哪是惊喜啊，简直是宝藏！

这样一个软糯小姑娘，因为心理缺陷，装高冷装冷酷，实际上古道热肠，是个一下没看住就令他担心是否出去惩恶扬善的女侠。

他极其有幸，初来乍到，成为接触到这种美好的第一人。

余虓烈把书妥善地放入包里。

第二天上课时，余虓烈把书交还许冰葵，许冰葵却摇了摇头。

"能继续放你……那里吗？"她料想余虓烈肯定发现了实情，臊红了半张脸，低着头解释，"今天我奶奶……也会来接我。"

余虓烈早猜到实情，了然地点点头，笑道："那明天给你。"

他又碰碰许冰葵的桌子，认真地问："不知道图书馆能不能借到衡水中学的语文笔记？"

许冰葵闷闷地摇摇头，听着他的取笑，涨红的脸蛋慢慢埋进书里，从余虓烈这里看过去，便只能看到她头顶的那个小花苞。

"我也用不着。"他耸耸肩，在许冰葵移开书看来时，对上了她疑惑的目光，他挥了挥手中的碎花笔记本，正是她交给他的那本，随即含着浓浓笑意道，"我有小葵花版语文笔记。"

许冰葵看了眼那个小册子，这才发现本子上的印花图案正是葵花，她呆了呆，也不知道余虓烈口中的小葵花是不是指她。

这天最后两节是数学小测，为了模拟考场，老师让他们把书包和课本一齐放到最后一排的空座上去。

课间休息时，朱星吉和几个男生出去上厕所，回来时嬉闹着从后门进了教室。

不知为何，朱星吉原本白胖的脸红红的，入座时不小心踢到许冰葵的桌子，发出一声巨响，余虓烈便回头看了他一眼。

却看见坐下的朱星吉也不安分，趁着老师低头写教案，捡起地上的粉笔头丢向后排嬉笑的男生。

无聊的小学生游戏。

余虓烈很快便转回头检查试卷，不再看他们。

放学后，看到余虓烈从最后一排的空座拿起一个书包时，刚交卷从讲台走下来的朱星吉有一瞬间的停滞，随后目瞪口呆移开视线，逃一般蹿回了座位上。

余虓烈皱了皱眉，刚想走过去问一下，便看见许冰葵在后排收拾书，看那堆书估计她要来回搬上两三趟，便径直帮她忙去了。

今天是余虓烈值日，许冰葵想要拿回自己借的书。

"你自己去我书包里拿吧，我没动过。"余虓烈正在整理讲台，满手的粉笔灰。

许冰葵便乖乖地打开他的书包，从里面掏出了……一块板砖。

一块色泽红艳，坑坑洼洼的板砖。

许冰葵震惊无比，写满疑惑的小脸慢慢仰起，定定地看着余虓烈，像是在心里给他重新下了定义。

而余虓烈一瞬间就想到了昨天那个鬼鬼祟祟的肥胖身影，后槽牙咬得吱吱响，却还要尽量平静地笑着对许冰葵解释："我爷爷嫌我太瘦了，让我的淘气侄子往我包里放上一块砖，就当负重练习了。喏，你的书，不就在那个夹层里吗？"

不知东窗事发的朱星吉连打三个喷嚏，直觉大事不妙，果然第二天往桌兜里塞书包时，手重重地撞上了"一堵墙"。

——他的桌兜被人用板砖塞得严丝合缝，不留一点空隙。

朱星吉捂着撞痛的手，抬头便看见余虩烈虚假的笑脸。

他讪笑着对吃惊的同桌解释："我的确有收藏砖块的特殊癖好，你来闻闻，新鲜出炉的砖头还蛮清香的。"

他造了什么孽啊，不过是昨天大冒险输了，被怂恿着去在建教学楼捡了一块砖，挑了个最老土的书包放进去。

谁知道挑中的是余虩烈的书包呢！

事实证明，这个余虩烈果然不是好惹的，但他到底是怎样弄到这么多块砖的？

他很快就知道了——集合做课间操的时候，副校长举着喇叭气冲冲地跑到看台上，指着东面，大声咆哮，怒气冲冲的声音甚至盖过了那句"全国中学生第九套广播体操"。

"昨天放学后哪位同学去施工中的信技楼搬砖了！重要的是把工人的推车也推走了，严重影响了施工进程！别等我们调取监控录像，今天放学后，必须连车带砖，给我归还至原处！"

副校长转头要走,刚要下台,却气不过似的又跑上去,补了一句——

"一块砖都不能少!"

## 第三章
### 答案的最后三个字

学校规定学生中午必须在食堂用餐，随后有半个小时的午休时间待在各自教室里，可以看书，可以睡觉，就是不准喧哗吵闹。

高中部教学楼是去年新建成的，两栋楼建在校园一角，与初中部隔了一个人工湖还有一个操场，为的是学业紧张的高年级不被打扰。

这样的安排挺合理的，但有一点，便是高中部离食堂太远了！

因此每到中午最后一堂课，还剩十五分钟下课时，朱星吉便开始蠢蠢欲动，像只饿得眼冒绿光的狼，先是掏出饭卡在手中握着，桌面上的书也随着时间的流逝逐渐减少……

当老师终于宣布下课后，他第一个冲出教室奔向食堂，充分发挥了他跑步的特长。

可今天，他却坐在座位上磨磨蹭蹭，肚子响亮地叫了好几声也

不动弹。

等到同学们都走光了,他才背着沉甸甸的书包走出来,鬼鬼祟祟地往信技楼走去。

书包里全都是板砖——能不沉甸甸的吗,简直举步维艰啊!

副校长口中的推车他还没找到呢,余虓烈一下课就吃饭去了,完全没给他开口询问的机会,况且这么丢人的事,他才不要让其他人知道,便只好用书包一趟一趟地运过去。

就在他顶着秋日正午还炽热的阳光和路过同学们异样的目光,汗流浃背地把砖块从书包里倾倒出来时,一旁传来车辘轳声。

朱星吉彻底瘫坐在地上,抬头一看,便见不远处余虓烈单手推着推车,嘴里叼着雪糕,悠悠地走过来……

朱星吉整个人都不好了,看看推车又看看余虓烈,颤着手抖着肉怒道:"你……你怎么来了?"

"副校长说,一块板砖都不能少。"

余虓烈舔舔嘴唇,露出白亮的牙齿,看在朱星吉眼里简直就是个阴森森的笑。

"你可能忘记了我书包里的那一块。"

说完,余虓烈把车斗一倒,那块砖便掉落在朱星吉眼前,让他一瞬便回忆起自己是那始作俑者,此时再苦再累,也不敢叫板了。

他立马改变态度，对上余虓烈好整以暇的目光，笑呵呵道："那哪儿能劳烦您亲自出马呢？哪儿来的我送哪儿去啊！"

"嘿嘿，您先回吧，天太热了，今天的砖格外烫手，我还得再搬几趟呢！"

余虓烈依言走了，回教学楼的路上，突然想起什么，脚步一顿，拐进了旁边的小卖部。

等朱星吉推着小推车运完最后一趟砖时，人已经饿过头了，回到教室便在桌子上趴下，半死不活地喘着粗气。

班上的同学方才都看到他"辛勤搬砖"的一幕，便一批一批地跑过来取笑他。

不一会儿，午休铃响起来，教室里便安静了下来。

朱星吉面朝墙壁，眯着眼睛快要睡着时，突然感觉脑门一凉，激得他打了个寒战。以为又是相熟的同学来取笑自己，他心里也有点生气，便凶巴巴地往脑门上一拍，结果触到满手冰凉。

他睁开眼，便看到余虓烈一手举着冰可乐，一手拿着两个从小卖部买来的煎包，站在他眼前。

那阵扑鼻的香味，还有与他肌肤相贴的清凉，一下子就填平了朱星吉内心撕裂的巨大裂缝。

朱星吉咽了咽口水，不敢置信地问："给……给我的？"

余虓烈低头看着他,见他迟迟不敢接,便作势要把煎包往自己嘴里塞,果然立马被他拦住了。

"给我就给我了嘛,"朱星吉卖乖地扬起大大笑脸,"谢谢烈哥!"

外面有老师在巡察,余虓烈便回到自己的座位上趴下了。

等巡察老师走远,朱星吉俯下身偷偷吃煎包,一边吃一边感激地看向余虓烈。

只见余虓烈又开始不安分了,转过身,拿笔碰了碰后座许同学脑袋上的小花苞。

朱星吉将感激之情抛之脑后,顿时嗤之以鼻:呵,小学生。

随后他又看见余虓烈从桌兜里捧出一个包装精美的小蛋糕和一瓶酸奶。

他看了看自己手上油滋滋的煎包,纳闷了,咋突然就觉得不香了呢?

那边余虓烈才不管朱星吉吃没吃好呢,趴在椅背上,轻声问:"女侠,你还没睡吧?"

许冰葵眼睫毛颤了颤,以为余虓烈发现她刚刚偷看他与朱星吉讲话,不敢睁眼,调整着呼吸装睡。

"你中午没吃饭,去图书馆看书了?"

余虓烈手上捧着蛋糕,听着耳边一深一浅的呼吸在他这句话后突然断了。他偷偷一笑,故意开口逗她:"张无忌带着王语嫣去冰火岛找金毛狮王,半路上遇到小龙女了?"

这都哪儿跟哪儿啊?

余虓烈见许冰葵嘴角一弯,又像是突然想起自己在装睡,便又把唇边的笑意努力压下去了。

他继续小声道:"我给你买了榴梿蛋糕,你快点吃啊,不然待会儿把同学们都熏醒了。"

随后就没了动静。

许冰葵心里有点忐忑,害怕真像余虓烈说的那样,便悄悄从桌面上抬起头来,撞上了余虓烈镜片后含笑的眼睛。

蛋糕还在他手上捧着呢,此时他递了过来,透过透明盒子还能看到上面嵌满草莓。

余虓烈推推眼镜,看到她松口气的小表情,内心无比柔软,嘴上却毫不留情地"歪曲事实":"看来你有点失望,不喜欢草莓味?"

许冰葵抢过蛋糕,慌乱地藏进桌兜里,又埋下头,以此来遮住自己后知后觉发热的双颊和耳根,过了一会儿,才飘出几个字,声音软糯:"谢谢,我很喜欢。"

余虓烈盯着眼前圆乎乎的脑袋,没忍住,终于伸手揉了一把。

"可不能不按时吃饭。"

"为了监督你的饮食。"

"下次跟我一起吃。"

一整个下午,许冰葵都没再和余虓烈讲话。桌兜里的粉色蛋糕缺了一小块,她舌尖上似乎还残留着那一丝甜腻。

她偷偷看一眼余虓烈,瞥见他桌上摊着数学书,正在草稿纸上计算,偶尔停下来,一边转笔,一边思考。

看得入了神,手中的笔"啪嗒"一声掉了下来,许冰葵回过神,匆匆翻开习题册。

这节自习课,没有老师坐旁边,余虓烈拿着草稿本写写画画,开始算在马上到来的联考中,自己每科要空多少题、丢多少分才能显得既不突兀,又不至于愚蠢。

他转过头去,一脸严肃地打断正在做题的许冰葵:"女侠,这种联考你一般能考多少分?"

许冰葵正琢磨难题,咬着笔头小声回道:"上次是677分。"

她像是想到什么似的,突然抬起头来,笔头戳在脸蛋上,自顾自地懊恼道:"数学考试太急交卷,最后一题……答案写错了。"

意思是还能考得更好。

余虓烈乐开了怀,而旁边却响起长长的一声"呲"。

两人看过去,就见许冰葵的同桌兆荔子不好意思地摆摆手,作秀一样捂着自己半边脸道:"也没吃柠檬啊,咋突然牙有点酸!"

兆荔子于开学第二周从东北转学过来,是个身材娇小的大嗓门,说话都自带感叹号的那种。她俩就第一天见面时互相自我介绍过,之后都没怎么说过话。

约莫能够明白对方什么意思,许冰葵的脸有点红,不知道该怎么回应这句没有恶意的玩笑话。

气氛有点尴尬,兆荔子有点着急。

她和许冰葵当了快一个月的同桌,原先还为自己身边坐着个全班最好看的小姑娘而兴奋,可一起上了几天课,她就知道了,对方不是在新同学面前故作腼腆害羞,而是单纯的乖巧冷淡。

兆荔子喜欢这种精致乖巧的南方女孩,想要亲近,又怕自己粗声粗气吓着她。

一个月过去了,她和七班同学都打成一片了,而许冰葵却只会对前桌同学笑,两人聊起天来简直把她当成隐形人。

兆荔子自来熟地朝余虓烈挤眉弄眼,意思是——哥们儿,说错话了,快救救场!

还有个意思是——您别装了,这些天我可都看见您是怎么忽悠小

姑娘了,但也就您能哄她开心,赶紧哄哄吧!

余虓烈接收到信息,却像没看到一样,从兜里掏出一把糖,放在许冰葵手边:"女侠,分她一颗糖,让她尝点甜头,中和一下酸意。"

许冰葵果然听他的话,把糖全都往兆荔子桌上推。

"得嘞!"兆荔子连忙拿起一颗,撕开包装塞嘴里,身子凑过来嬉皮笑脸道,"嘿嘿,不酸了不酸了,现在只剩下崇拜了!"

眼看着许冰葵把自己送的糖一股脑全给别人了,而对方还得寸进尺地凑过去,围着许冰葵的座位看她做什么题。

这下轮到余虓烈酸了。

小半节自习课,两个女孩的友谊就这么建立了。

兆荔子就像是狗皮膏药一样贴着许冰葵,放学临走前跟许冰葵道别,甚至夸张地动手抱了她一下才缓缓松开,大声说道:"哎,我咋这么稀罕你呢!"

许冰葵被人抱在怀里,身体抖得像被人捏住后颈的小兔一样,双手不知道往哪儿放,最后颤着手轻轻推开了兆荔子。

余虓烈在一旁横眉立目,立即手快地把许冰葵藏到自己身后了。

兆荔子恼怒地看他一眼,全然忘记了刚刚自己还求他帮忙解围,这一瞬间乃至以后,都觉得这人十分碍眼!

放学后，许冰葵还红着脸，虽然嘴上没说，但余虓烈能看出她的小表情，嘴角一直抿着——又兴奋又激动着呢。

余虓烈不好受了，猛地骑车朝许冰葵冲去，摇着车铃把她从回忆里唤醒。

长手长脚的少年单脚点地，初秋的风吹来，他身上老土难看的校服微微鼓了起来，头发也吹乱了，撩起了他的刘海，露出了明亮的眼睛和光洁的额头。

许冰葵连忙刹车，惊慌地看过去，直直撞进余虓烈不怀好意的目光里，然后就听见他重复了一遍几小时前的愚蠢问题：

"张无忌带着王语嫣去冰火岛找金毛狮王，半路上遇到小龙女了？"

许冰葵一愣，随后高高翘起嘴角，触及他的探寻目光后，又抿着嘴害羞似的压了压笑意："才不是呢。"

余虓烈挪开车头，让许冰葵骑着车与自己并行，笑着催促："那你跟我讲讲。"

隔天早读课，余虓烈轰走来找他背书的朱星吉，拿着语文书朝后面转过去，一脸严肃地打断正附在许冰葵耳边叽叽喳喳的兆荔子。

"来，许同学，我抽查一下你的背诵情况。"

兆荔子有点不忿,却敢怒不敢言,挪开椅子让了位。生闷气的她翻开笔记本上附带的日历,一天一天数了数,算了算日子,然后暗自窃喜——这周五就得把你俩分开!

正在"滥用权力"的余虓烈还毫无察觉,专心地在许冰葵背书时捣乱。

"风急天高猿啸哀,渚清沙白……"

"张无忌什么时候能拿到倚天剑?"

被余虓烈这样一打岔,许冰葵接下来的背诵卡在喉咙里,吐不出来难受。余虓烈还在等着她的回答,她眼睛一眨,有点委屈地皱了下眉,终于把那几个字给吐出来:"鸟飞回。"

余虓烈一愣,明白过来之后完全抑制不住自己的笑容,在许冰葵委屈屈看过来后,才抹了把脸把表情收回,又变回书呆子的模样,而心头一片柔软,只觉得面前这个小女孩可爱无比。

他又催促着问了一句,许冰葵才小声回答:"张无忌没有拿到倚天剑,周芷若摧毁了倚天剑和屠龙刀,才发现藏在里面的《九阴真经》。"

听着她比背书还流利的讲述,余虓烈恍然大悟地点点头,又追问她说出更多情节。

"所以周芷若才能练成九阴白骨爪!那《九阴真经》是谁藏在

里面的呢？东方不败吗？"

兆荔子一直竖着耳朵在一旁偷听。在余虓烈问出这个问题后，她神情古怪，欲言又止，看向余虓烈的目光也暗藏鄙视。

"不，你弄混了……"许冰葵乖乖地、不厌其烦地解释，"东方不败练的是《葵花宝典》，《九阴真经》是黄蓉郭靖夫妇……藏进去的。"

余虓烈点点头，刚想继续问点什么，马志远端着茶杯走进教室。

许冰葵立即低下头，小声问："还背书吗？"

余虓烈点点头，笑道："我来背！"

他接着许冰葵方才背的诗："无边落木萧萧下，不尽长江滚滚来。"


昨日回家的路上，许冰葵一直在给余虓烈讲金庸的武侠故事。因为是自己感兴趣的东西，许冰葵说得兴起。

余虓烈一开始总觉得哪里有点怪，躺在床上回想一番才恍然明白——相较平常的交流，许冰葵讲故事时说话也太流利了！

他一个鲤鱼打挺坐起来，翻箱倒柜找到自己的智能机，在网页上搜索——如何引导稍微有点口吃的小朋友积极地讲话？

网页上立即跳出来一个答案，是个母亲的分享：

　　最重要的是跟他聊感兴趣的事,不要催促,不要逼迫,循循善诱,培养他与你每天交流的习惯。慢慢地,小朋友会越讲越多,并且开始喜欢与你讲话,更加依赖你,喜欢你。

　　余虓烈摸摸唇,再次躺到床上,陷入深思。一刻钟后,他心里有了决定。

　　周五例行班会前,余虓烈还在问许冰葵一些无厘头的问题,许冰葵一一作答的同时,被他的奇思妙想逗得掩不住眼角眉梢的笑意。

　　余虓烈见她如此开心,又忍不住逗她。

　　两个人越凑越近,再次把其他同窗当作了隐形人。"隐形人"兆荔子气定神闲,实则磨刀霍霍,只等着看一盆冷水浇到前面那个趾高气扬的大尾巴狼身上去。

　　铃声一响,班主任马志远同志带着一盆冷水走上讲台了——

　　"快,大家行动起来,每月一次的换座位在今日正式执行!"

　　兆荔子在座位上一蹦一米高,搂上许冰葵桌上的书本就往另一组跑,留下瞪大眼睛难以接受现实的余虓烈以及一脸茫然的许冰葵。

　　马志远站在讲台上笑眯眯地看着,许冰葵只好收拾起自己的物品,绕过讲台走到靠窗那一组。

　　余虓烈的视线一直追随着她,一看见她回头,便腾地站了起来,搬起桌子就想随着她一起过去。

可他刚站起来，身后一左一右两只手便按住了他的肩膀。

他朝左后方看，是兆荔子踩在椅子上按住了他的肩膀，笑得十分欠揍："课代表您就在这个钦定座位坐着吧，三个月后，咱们再相见！"

兆荔子刚抬腿想走，又想到什么似的转过来在他肩膀处拍了拍，纠正道："哦不，三个月以后就放寒假了！那我们明年再见！"

她轻飘飘地走了，却像是一步一步沉重地踩在了余虓烈的心上。

他又朝右后方看，朱星吉的手还按在他的肩膀上。

自从上次午休余虓烈给朱星吉递吃的后，他便不再害怕余虓烈了，甚至还有点狗腿子。

朱星吉学着兆荔子的口气，谄媚地打招呼："嗨，烈哥，我以后就跟你是前后桌了！想想还有点兴奋呢！"

心里默念几声"伸手不打笑脸人"，余虓烈回给朱星吉一个笑容，只是那个笑容有点勉为其难，又有点阴恻恻。

他很快接受现实，放下自己的桌子，拿上许冰葵遗漏的书，拿起笔写了张条子，便走了过去。

许冰葵还有点蒙，坐在窗边的位置安静地发呆，看见余虓烈来了，眼睛一亮，眼中是自己都没察觉的依赖。

同学们都归座了,正看着他俩。余虤烈把书放在许冰葵桌上,敲了敲桌子让她安心,便回座了。

许冰葵打开书,一张字条飘了出来。

看完后,她心头一暖,顿时觉得窗外将要染黄的枫叶,也是一道风景。

兆荔子和后桌聊着天,朝许冰葵桌上瞥了一眼,看见龙飞凤舞的一行字:

"女侠别嫌我烦人,换了座位我还要找你背书!"

兆荔子又看了一眼许冰葵,随即从包里掏出昨天收到的糖送了回去,在对方看过来时,露出一个大大的笑:"吃点儿糖,吃糖开心!"

许冰葵把糖握在手里,低头看了看,也露出笑容。

讲台上,马志远贴出考场号和学生们的考号,嘱咐同学:

"这是个小测验,主要是摸底。我对咱们班同学信心十足,正常发挥就行。

"另外,我们即将迎来运动会,考完试大家可以积极做准备……秉持着德智体美劳全面发展的理念,下周我们开始跑操,由体育委员带领,每天提前半小时,在操场集合。"

话音一落，哀叹声顿起。

马志远慢悠悠地啜了口茶，笑眯眯地举起泡满枸杞的玻璃杯。

"哎，别愁。等你们工作了，看见身边同事天天泡枸杞茶上班，而自己生龙活虎时，就会感谢以前高中班主任逼着你们风雨无阻地跑操了！"

朱星吉成功地抓住了关键词，大声叫唤："啊？还得风雨无阻啊？"

马志远看着他，笑而不语。

这边朱星吉唉声叹气，另一边兆荔子扭头问许冰葵："我转来时你们都选完班干部了，我们的体育委员是谁啊？"

许冰葵指尖朝向自己，十分不好意思："我。"

兆荔子猛吸一口凉气，眼珠子骨碌碌地转，上下打量了她一番。

今天许冰葵穿着娃娃领的小裙子，外面套了个羊羔毛的坎肩，衬得她皮肤雪白，整个人更加娇小玲珑。

兆荔子呆滞地点点头，找了唯一一个说得过去的理由，道："挺好，哈哈……能长高！"

迎来第一次大型考试，许冰葵比余虓烈更加紧张。

周末，余虓烈在院子里给菜浇水，余宝庆躺在躺椅里摇着，法

兰绒的毯子盖在膝盖上,昏昏欲睡,嘴上有一搭没一搭地跟孙子聊天。

"乖孙,你们不是明天考试吗?"

余虓烈拨开菜叶子,捏出一条青虫,回答:"对啊。"

余宝庆半睁开眼偷偷瞄他,试探道:"能拿多少分啊,这就不去复习了?"

余虓烈一哽,差点忘记任务了。他拍拍手上的土,嬉笑着提着壶回屋:"那您在院子里坐着,我接着去复习了。"

余宝庆闭着眼挥挥手,心里窃喜。他何尝不知道自己家的孩子是什么样的脾性,在他面前做到这般听话懂事,真是够好的了。

余虓烈一进屋,包里的老年机刚响起两声铃声,知道他这个号码的就两人,不是他们就是10086。

他摸出手机一看,倒是惊喜了一番。

小葵花:"明天第一场考语文,看看笔记就休息,不要紧张,不用担心。"

这条宽慰短信,话尾还带上个可爱的颜文字。见他一直没有回复,半小时后,她又给他发来一条,这一次便是难掩紧张的嘱咐。

小葵花:"《师说》里那句话——所以传道受业解惑也,孰能无惑。特别提醒:不要误写成'授',也不要误写成'熟'。"

这两个错误在上次随堂考中他犯了一次,没想到被许冰葵特意记了下来。

余虓烈开心不已,看着手机发呆,过了几分钟才回复道:"收到,小老师。"

许冰葵再没发消息来,余虓烈翻了翻手机的通讯录,看见出现在最前面首字母为M的马志远,皱了皱眉,随即默记了几遍他的电话号码,之后按了删除键。

"小葵花"三个字便带着一串数字跳到了第一位。

余虓烈看着空荡荡、只有一人的通讯录,笑得十分鸡贼且幼稚。

## 第四章
"你怎么就撞他怀里去了?" "他扒拉我。"

联考分散考场和座位,许冰葵考前已经和余虓烈打好招呼。春田奶奶的旗袍铺子最近订单量大增,她这几天都在铺子里帮忙,考试放学早,不能和他一起回家了。

她还担心之前那几个混混少年会继续找余虓烈麻烦,末了还叮嘱他,嘴上说着与第一次见面时同样的话。

"放学结伴回家。"

但是这个"伴",却是让他找其他同学了。

而余虓烈表面上乖乖答应,却根本没有认识其他人的打算,连着两日都是形单影只,考完试只能乖乖回家给爷爷浇菜。

周一开始,七班同学要提早半个小时去操场跑步,这个时候的清晨,太阳还笼在薄雾里,朝手心里轻轻哈一口,都会有白气。

大家被家长们从被窝里拽起来的起床气一直憋到了学校,而余虓烈怀里揣着糖炒栗子和烤红薯，慢悠悠地晃到许冰葵面前。

他们两个站在榕树下，余虓烈贱兮兮地挑眉，让许冰葵凑近一点，再凑近点。许冰葵的小脑袋都要撞上他了，他才拉开自己的校服拉链，一股混杂着栗子和红薯的甜腻香味就散发开来。

余虓烈把热气腾腾的红薯捧到她眼前，背过身挡住其他人，看着女孩瞬间惊喜而睁大的眼睛，柔声说道："你先尝一口热乎的，等会儿到教室凉了就没这么好吃了。"

马志远上周说第一次跑操会过来排好队形，余虓烈看了一圈没发现他的身影，低头看着正犹豫的许冰葵，说道："吃吧，马老师还没来呢。"

许冰葵看着金灿灿的红薯，抿着嘴，在余虓烈的再三催促下，仰起头笑弯了眉眼，随即接过了他递来的小勺子。

余虓烈刚帮她撕开一小块皮，旁边冲过来一个圆滚滚的身影。

马老师没来，可有人来了啊！

这个点儿，大部分同学都没吃早餐，早就闻到那股诱人的香味了。

这么大的诱惑，其他同学看了眼那边鬼鬼祟祟的两人，一个冷酷萌妹，一个古怪书呆子，都压抑住了自己，只是不约而同地咽了咽口水。

可朱星吉没有……

"吃着呢?"

朱星吉猛地冲上来,把许冰葵吓得手一缩,勺子掉到了地上。

许冰葵把勺子捡起来,起身时余光瞥见马志远一身运动服朝这边慢跑过来,连忙攥紧了勺子放进口袋里,低头小声说道:"我……我不吃了。"说完就跑开了。

余虓烈捏紧了拳头,想往朱星吉脸上揍,可看着朱星吉贱兮兮凑过来的笑脸,只好把红薯从怀里拿出来,压低声音无奈道:"吃吧,勺子掉了,你将就着吃。"

他又把栗子拿出来,封紧口子放进口袋里继续焐着。

"哎!谢谢烈哥!"朱星吉有了个大红薯,也不惦记余虓烈手里的栗子了,赶紧狼吞虎咽了几口。

余虓烈没再管他,站在队伍后头,等着马志远和正低头脸红的体育委员安排。

许冰葵今天没再穿小裙子,披着个红色的小斗篷,应该是春田奶奶新做的,那个红还是新的艳的,在太阳还只是蒙蒙亮的时候,火红火红地映着余虓烈的眸子。

终于排好队形,朱星吉擦擦嘴在班主任的呼唤下归队,将剩下的半个红薯藏入怀里。

许冰葵站在最前面领队。

雾渐渐散了，有星星点点的水汽落在大家的头顶、眉头和睫毛上，余虤烈刚抹了一把自来卷头发，便看见前头的许冰葵拉着自己的斗篷帽子戴上了。

尖尖的帽子上坠着一颗小小的雪白毛线球，随着许冰葵的跑动也慢慢地晃荡着，像是心理医生手中催眠病人的利器，余虤烈的目光和心也跟着一起晃，他只顾盯住那颗小球了，没发现自己的步伐加快许多，离那颗小球越来越近，慢慢地一伸手就能触到。

他很想揪一揪，鬼使神差地伸手，刚抓住那颗球，身后便传来马志远的戏谑声和同学们的哄笑声。

"哎！余同学你从队尾跑到前头，怎么就去揪小姑娘的帽子了？"

余虤烈一怔，像是从催眠中醒过来，而许冰葵的帽尖已经在他手中，他手一颤，轻轻地拽了下来。

许冰葵也应声回头，还没看清形势，就撞在了身后人的胸膛上。

许冰葵被结实一撞，小身板往后一仰，差点跌了一跤，幸好余虤烈拉了她一把。

马志远还在场，同学们不敢太起哄，只是嬉笑着追了上来，绕过两人又往前跑，频频回头。

许冰葵似乎听见对方怦怦作响的心跳声，而自己连激动都是慢

一拍,意识到他心跳加速后,自己胸腔里那颗心才活跃起来,渐渐地跟他同步。

余虓烈收回手,低头跟她讲话,声音低沉:"体育委员,你抬头看一看,咱们的队伍都跑远了。"

话音刚落,许冰葵便推开了他,低着头又戴起帽子,像是掩盖什么一样,一言不发地追上队伍。面对众人探寻揶揄的目光,她又恢复了平常的冷漠、不可亲近的模样,只有隐藏在帽子和发丝间的两只耳朵红得厉害。

余虓烈也追上去,这次与小葵花并排,乖乖地直视前方,不再拽人家的帽子了。

最后收队时还发生了一个小插曲,朱星吉脚步一滑,被一块小石子给滑倒了,怀里先滚出来半个红薯,接着才实打实地摔在了地上,一屁股坐在了红薯上……

他站起来摸了下裤子,手上沾着香甜的黄色物体,正想怀疑地闻一闻时,旁边的同学已经哄笑成一团,饶是他脸皮厚,也迅速把校服外套脱下来围在腰间,涨红着脸跑向厕所,只留下一句——

"你们没良心!都不来扶我一把,笑什么笑!"

往后的日子里,每个清晨披雾而来的学生都能看见操场上跑操的那个班级,带头的是全班最矮的女生,偶尔还能听见她软糯的声音带着大家喊"一二一",而队尾最高个儿的男生不知是好胜心强还是什么原因,每每还没跑半圈便按捺不住,非要赶上第一,和她并排而行。

联考成绩下来,七班第一个看到成绩的是余虓烈。他抱着作文本去马志远办公室,成绩单就放在桌上,他低头瞄了一眼。

说是一眼就是一眼,还没来得及细看,一旁的数学老师喊他帮忙扛桶装水了。可就一眼,他便看到许冰葵的名字正挂在第一的位置,便扭头出去了。

因此他在同学们都有点骚动的语文课上,安安静静地坐在自己的位置上,不急不躁,显得稳重成熟。

朱星吉趁马志远还没来,凑过来拍了他后背一巴掌,在他转头递来死亡凝视之前,嬉笑着问:"烈哥,你是不是已经见着成绩单啦?你是不是考得特好啊?"

一说起这个,余虓烈的唇边便挂上抹笑意,眼神也柔和了,不像是因为自己成绩好而窃喜的样子,倒像是看见自家孩子考上第一的"别人家的爹妈"。

"啧!"朱星吉近来越发胆大包天,撞了撞他的肩膀,"你别光着笑啊,你看到我的成绩了吗?"

余虓烈把书卷成圆筒状，把朱星吉的大脑袋给按了回去，扶了扶大黑框眼镜："看到体育委员的了，考第一。"

"哟——"朱星吉又抬起半个身子，看向那边的许冰葵，女孩靠着窗正在安静做题，白色的窗帘被风吹起来遮住了他的视线，再落下时便露出她精致的脸，倒像是入画了。

换作别人可能会心跳漏跳一拍，可朱星吉不懂美，只对着她的成绩啧啧称奇，竖起大拇指："我想过她会很强，没想到这么强！"

"那你自己呢？"朱星吉追问，看余虓烈摇头后，眉飞色舞地给他分析，"那你肯定是排名靠后了，不然从高到低看下来怎么还没看到自己的排名。"

余虓烈没理会朱星吉，朱星吉还想说点什么，马志远便红光满面地走进了教室，第一件事果然是公布成绩。

成绩单复印了好几份，每个学习小组都可以保留一张，因为是流动座位，编外人员余虓烈……没有小组。

余虓烈也没在乎，背靠着椅子，目光一直看着左边。果然，兆荔子看到成绩后激动得一把搂住许冰葵。无论被她扑上来几次，许冰葵都像只受惊的兔子，而他每次都想走过去把兆荔子从女孩身上薅下来！

他正咬着后槽牙，朱星吉在他身后大叫一声，随后把他整个人拽了过来，指着手中的成绩单大喊道："烈哥烈哥！你排名第二！语文113分、数学125分、英语134分，班级第二！"

全班的目光都汇聚在余虓烈身上，惊奇的、震惊的、羡慕又沮丧的，而余虓烈习以为常，毫不在意："哦。"

朱星吉则看着自己在班级里中等偏下的成绩撇了撇嘴，为了方才说的话而脸蛋火辣辣作痛："好小子！你藏得真深！"

说好的书呆子都只会死读书呢？

而且为什么余虓烈自己排名就在第二，他的眼中却只有第一名的名字！

朱星吉一屁股坐回椅子上，皱着眉平静下来。他想到了上次的蛋糕和酸奶，还有栗子和烤红薯，总觉得这其中肯定有联系。

过了一会儿，他像是恍然大悟一般张大了嘴，看着余虓烈的眼神都带着不可置信。

他又一次按住余虓烈的肩膀，在对方回头看过来时，像发现什么秘密一样凑近了对方的耳边，冒着生命危险对其进行劝导。

"你该不会是想要拿第一名，才接近体育委员的吧？你这样……啧，没说你阴险啊，但是这样不太好，拿第一要凭实力，你不能忽悠人家小姑娘啊！"

朱 没有感情的造谣机器 星吉看着余虓烈的脸色越来越黑，讪

讪地松开手,轻轻抚平他的衣领,尴尬地补充一句安慰:

"哈哈……我相信你,你还是有这个实力的……"

被朱星吉这么一说,放学路上两人并排骑行,许冰葵正在跟余虓烈讲《倚天屠龙记》的大结局,而余虓烈却稀里糊涂地说:"女侠,我发誓,我绝对不是为了提高语文成绩才黏着你不放的。"

许冰葵一愣,因为他的话差点撞上路边的柱子,手上也慌乱地摇出阵短促的铃声,一不小心揭了他的短:"不是因为害怕……那几个混混吗?"

余虓烈喉头一哽,有点苦恼,但想到自己屡次在她面前装可怜,此刻颇有点儿跳进黄河洗不清的冤屈感。

他在许冰葵躲闪着视线不敢看过来时,摇了摇头,随后为自己澄清:"我接近你,绝对不是因为我需要什么。"

不是因为我"软弱可欺",不是因为我成绩不行,全都是因为你,每向你靠近一厘米,我就向全世界的最美好靠近了一厘米。

许冰葵有点被绕晕了,似懂非懂,但是第一次看见余虓烈如此郑重认真的样子,随即回头朝他露出个腼腆的笑容。

"不管怎样……都行。"反正是你。

白昼越来越短,街道两旁的商铺与高高的路灯陆陆续续亮了起来，余虓烈看着灯光下女孩的灿烂笑容，所有的介意一并散去。

他也笑着追上去，再开口是真心夸赞的语气："你这次 689 分，数学大题全做对了？"

许冰葵点点头，想到今天马志远笑眯眯的样子，也开心道："你也考得很好，明天把语文……试卷给我看看，我帮你整理错题。"

"好嘞。"余虓烈想到两人的约定，笑道，"放心吧，马老师肯定不会撤掉我的职位。"

两个人骑行至路口，前面传来许冰葵爱吃的包子的香味，在她与他道别要拐进青石板小巷前，余虓烈稳稳地停下来，招呼着老板包上两个包子。她就在不远处安安静静地等待，在他跑上前时，递上一个甜美笑容。

而两个人今日没开口的话，都会在成长路上的某一日，面对面地说出来，就算在这样的嘈杂人流中，他们的眼中也同样只有彼此。

联考结束，冬季运动会马上就要开始了，课间马志远把许冰葵喊走了。

余虓烈从卫生间出来，甩着手上的水，远远地便看见许冰葵站在班级门口，手上攥着张纸，有点为难地踌躇不前。

他走近，从她身后伸手轻轻取走那张纸。

是运动会报名表。

许冰葵抬头见是余虓烈,莫名放松下来,脸上带着她察觉不出的依赖表情,甚至还有点……撒娇。

"你报名吗?"

余虓烈逮住机会不放,看了看项目之后问道:"报名有奖?"

"有。"许冰葵连忙点点头,给他算道,"马老师说了,拿项目第一……可以给班级加……10分,还有奖状。"

看着她认真的样子,余虓烈唇边都是笑意,伸手整理了下自己的衣领,在她面前笔直站好,柔声逗她:"我看上去这么具有班级荣誉感吗?"

许冰葵一愣,想起他在竞选班干时的演讲稿,郑重地点头:"有的。"

余虓烈的笑容越来越大,一只手正想揉她的脑袋,身后马志远的声音传来。

"谁这么具有班级荣誉感啊?"马志远边走边啜茶,看着余虓烈也笑眯眯的,"那你给我报项目,带头支持小许同学的工作。"

他一走近,许冰葵便退后一步,可眼神还在余虓烈抬起的那只大手上,眸子闪了闪,等他放下手,她才不自然地垂下了眼睫。

"必须支持。"余虓烈爽朗一笑,拿出笔,在纸上钩了两个项目,跳远和跳高。

马志远眯着眼一看，乐了："挺适合你，长胳膊长腿的。"

马志远是来取上节课落下的教材，见体育委员开展工作如此顺利，立马赶往其他班级，留下他们两个还站在原地。

余虓烈手上还拿着登记表，知道许冰葵为难，便主动把它塞进自己怀里："我来登记，明天还你。"

许冰葵惊喜地点头，刚想道谢，便又听见他压低声音凑近了说："那今天回家路上，你要给我再讲讲张无忌和赵敏的大结局。"

许冰葵已经察觉到他每次引诱自己讲武侠故事的企图，心头一暖，高高兴兴地答应了。

两人这才一齐进教室，许冰葵绕过讲台回到自己座位，回头再看余虓烈时，他已经拿着表格和朱星吉聊起了天。

而一旁的兆荔子看见她走来，焦急地凑了过来，咋咋呼呼地喊道："小葵花快来，把你的试卷借我瞅瞅，我要订正题目，不然老马得削我了！"

许冰葵翻出语文试卷递给她，然后体贴又自然地把错题集也找出来。

兆荔子噘起嘴，回报许冰葵一个做作无比的"么么哒"。

两个女孩现在已十分相熟，兆荔子带着许冰葵与小组同学都聊

上了天,也有更多的同学鼓起勇气来请教许冰葵问题,许冰葵会耐心地在纸上写好步骤或者讲解,这样就能少讲些话。

也没有人觉得她奇怪,在同学们眼里,许冰葵还是那个好看却话少的女孩,但有学霸的光环加持,又觉得她很亲切并且乐于助人。

本来应该更熟悉的,可在兆荔子第一次挽着许冰葵胳膊要跟他们一起回家时,余虓烈冷漠地掌着两辆单车出现,无情地打破了兆荔子的梦——她从小就不会骑车!

许冰葵有了更多的人际交往,而余虓烈仍然显得很怪,一成不变的 polo 衫和过长的自来卷,他藏在厚重刘海下的眼睛从来就不在其他人身上停留,虽然已洗脱弱鸡的身份,也是个学霸,但是身上总带着一股子"丧气"。

说白了就是不愿意搭理人。

幸好朱星吉脸皮厚。

余虓烈指尖夹着那张登记表,看着朱星吉时嘴角一弯:"运动会报名,800 米或 400 米接力了解一下?"

朱星吉可愿意为班集体发光发热了,他正拿着余虓烈的试卷在订正错题,马志远明天要检查的。他手中的笔没停,直接说道:"行啊,帮我填一个 800 米长跑吧,'食堂路上一道风'这个江湖名号可不是闹着玩的!"

他这么爽快，余虣烈十分满意："那你训练时间的水我都包了。"

朱星吉有意外收获，开心极了，撂下笔后学着旺旺牛奶广告，叉着腰提出小小要求："我要快乐肥宅水！"

最后，那张报名表是朱星吉帮忙，在班上找了一圈才填满的。

可接下来训练的日子，他一点都不快乐。

许冰葵掐着秒表，在朱星吉抖着肉跨过终点线后走了过来："3分20秒。"

"怎么花这么久啊……"朱星吉捶地，气都喘不匀。

余虣烈在一旁喊了一声，他翻起身来，顺着余虣烈的手指看到了一旁训练的体育生们。

他们四肢修长，他们晒得黑不溜秋，他们练得肌肉发达，他们跑起步来……如流星赶月！

朱星吉手脚一软，躺回塑胶跑道上，这下彻底生无可恋。

他委屈地看向许冰葵，带着哭腔问："别说我要跟他们比？"

许冰葵很同情他，冷漠的面具有了一丝裂缝。她点点头："对。"

操场上空回荡着一声中气十足的咆哮。体育生们四处张望，没发现这边有一头待宰的小猪。

运动会越来越近，其他班级也组织了赛前训练，放学后都会组

队来跑步，这里两队报名了接力赛的同学在练接棒，那里一队人苦练八百米，一时操场便显得有些挤了。

其他人走得还算早，余虓烈和许冰葵二人就陪着朱星吉加练，他的用时已经越来越短了，拿个名次基本没问题。

余虓烈下场陪朱星吉，跑在他前边还脸不红气不喘的，拿着瓶可乐诱惑着他，实在游刃有余。

朱星吉吐着舌头控诉："烈……烈哥你不是人……你这么全能哈……怎么不报长跑！"

余虓烈不刺激他，缓下步伐来等他。

体育生们因为训练也留得晚，这几天因为被抢占场地心里多少有点不忿，有三人在边上偷懒，这时就坐在台阶上，带头的那人穿着4号球衣，看见他们跑过，评论了一句："嘿！你看前面那两个，像不像在遛自己家的小胖猪？"

声音不大不小，正好顺着风吹进了他们耳朵里。

朱星吉厌，当作没听见。他偷瞄了眼身边一言不发又面无表情的余虓烈，心里明白，烈哥是个弱鸡，不能指望烈哥。

可他多少有点委屈和难过，提着那一口气跑至终点。许冰葵有点兴奋地捏着秒表迎上来："2分35秒。"

朱星吉点点头，捏着自己肚皮上的肉，扯出一个勉强的笑容，没看见一旁的余虓烈走开了。

许冰葵察觉到气氛有些古怪，也连忙抬脚跟上，傻乎乎地跟着余虓烈在胸前挂着哨子的教练面前停了下来。

余虓烈眉头一皱，指着远处坐在跑道边上的体育生，下一秒许冰葵便见他一脸严肃地告状。

"教练，他们几个偷懒，从您去洗手间后就蹲在那儿偷懒不说，还骂我同学是猪。"

余虓烈眉头皱得更紧，在朱星吉终于反应过来跑上前时，又补充了一句："这污蔑了我家猪，我家猪可比他跑得快多了。"

许冰葵和教练："……"

朱星吉撇着嘴，彻彻底底受到了伤害。

可余虓烈太一本正经了，像是真的受到了严重的冒犯，教练只好气势十足地吹一声响亮的哨子，挥手把那三人招过来，凶巴巴地大喊："平时偷懒就算了，马上就去市里比赛了还给我偷懒，加跑十圈，今天把你们训成狗！"

余虓烈点点头以表赞扬，在体育生仇视的目光下，气定神闲地带着二人离开，只是不回家，跑去小卖部逛了一圈。

这几天气温回升，他们刚跑完，便一人拿了一根雪糕，在付钱时余虓烈拿过许冰葵的雪糕，给她换了一瓶常温酸奶。

三个人又晃荡着回到操场,教练已经不在了,跑步的那三人也不敢停下来。

余虓烈便舔着雪糕,在他们从自己身边经过时大喊一声:"嘿!这是谁家的傻狗啊!"

朱星吉登时不憋屈了,手舞足蹈得像个几百斤的小傻子,而前因后果都搞清楚的许冰葵则捂着嘴,半张脸藏在余虓烈的身后,也是藏不住的笑意。

运动会开幕式当天,阴沉了一个星期的天终于放晴,适宜的阳光打在红白相间的跑道上,微风卷着广播员激情高昂的打气呐喊声飘荡在校园里。

学校在看台上按照班级划分了观赛区域,开幕式时所有人都坐在座位上,之后可以自行离座为参赛同学加油。

第一个项目便是男子跳高,跳高场地已经有很多同学去围观了,兆荔子一只手牵着许冰葵,另一只手扒拉开围成一个圈的众人,给许冰葵占领了一个最佳位置。

余虓烈正在一旁热身,扭头便看到她俩,触及许冰葵攥紧的两个小拳头和期待紧张的目光,他比了个"OK"的手势,笑得张扬放肆。

许冰葵早已习惯他在自己面前这副样子,得到他的安抚便松了口气，内心安定下来，可一旁的兆荔子却是一愣。

站在不远处的少年身高腿长，为了行动方便，那副丑得出奇的眼镜早就扔在了教室，他穿着一身秋款运动服，认真地做热身运动，那个笑容递送过来时，她突然觉得他好像也不是那么讨厌。

余虓烈身高一米八一，此刻站在跳远选手里，也算是高挑的。

主裁判设定的起始高度是1米2，横杆每轮上升5厘米，选手可在任意一个高度上选择试跳。

三次试跳取最高成绩，成绩相同的选手进行最后的对决，直至高度再上升后，只剩一位通过选手，而当这位选手已在比赛中获胜，仍可要求横杆继续上升至其指定位置。

余虓烈连续拒绝了三次裁判的点名，在横杆上升至1米55时，他才举起了手，要求试跳，而这时，场内的运动员只剩下三位了。

他一手盖在后颈上，脑袋左右晃了晃，又张开手做拉伸扩胸动作。

兆荔子在一旁看着，只觉得他真的好装相，而许冰葵眼睛亮闪闪的，握着她的手，紧张却又对他百分百相信。

在裁判宣布开始后，余虓烈站在离横杆二十米开外的空地上，右腿往外一侧，开始迈步朝横杆跑。

他的前脚掌着地，一步一步迈得很大，步幅均匀地朝前跑，又一步比一步快，像在脚跟处装了弹簧似的，最后几步弧线跑贴近横杆，

左腿一蹬……

许冰葵眼睛一眨不眨,便看见余虓烈身体腾起,一双长腿像是摆起的鱼尾一样,优雅地越过了横杆,背部稳稳地陷在了海绵垫子上。

身旁的兆荔子手高高举过头顶,与众人一同欢呼雀跃,随后发出了惊叹的声音。

"哎呀妈呀,课代表腿老长老长了!"

许冰葵"噗"地笑出来,才发现自己的手在胸前合拢,方才激动时貌似第一个带头鼓掌。

余虓烈从垫子上爬起来,拂了把遮眼的刘海,带着光芒走到了候场区。

其他二人都要求试跳,却三跳都接连失败,横杆被那人的后背碰落,和人一起掉在垫子上,他懊恼地用拳头砸了一下海绵,才不甘心地走了下来。

这时候余虓烈已经胜利了,在场的七班同学都兴奋地抱成一团。

可余虓烈却再次活动肩膀,他方才背部离横杆还有很大的空间,何不再试试呢?

众人见他举起手,"咝"地倒吸了口凉气,便听见他朝裁判说道:"直接上升6厘米吧。"

160厘米——是桑朵一中高中部的跳高纪录。

他就是要跳 161 厘米，要刷新纪录。

兆荔子兴奋地大喊，这次不藏着掖着了，直接惊呼出声："哇！"

身边聚集的同班同学都大笑起来，大多数人平时都没和余旎烈讲过一句话，此时却全都大喊着为他造势。

新媒体部门的老师也兴奋地抱着摄影机，找了个绝佳的位置，打算记录这一刻。

余旎烈淡然自若，视线锁定许冰葵之后又露出一个笑容，随后迈着长腿，走到了助跑点。

他已经熟练掌握了技巧，一滴汗滑进眼睛里，模糊了他的视线，他挤弄着右边眼睛，抬腿奔向横杆。

全场寂静，都当紧张刺激的表演看了，大家呼吸一滞，便见到又一个完美的背越式跳高姿势。

首跳即成功！首跳即巅峰！

全场爆出惊叫声和掌声，围观者的心还高高提在嗓子眼，非要再喊上几句才能平息这份激动。

许冰葵的小脸因为兴奋而升腾起热度，她连忙绕过众人跑到海绵垫旁，等余旎烈站起后给他递水递湿巾，仰头看着他的眼里都带着闪烁的星星。

裁判也很激动，跑过来问他还要不要再试试。

余虓烈笑着摇了摇头,喝了口水润润嗓子,便颇有些自知之明地婉拒道:"不了,等明年再长两厘米,我再来试试吧。"

不骄不躁,裁判欣慰地点点头,立即公布了成绩。

人群渐渐散去。

余虓烈低头看着还紧跟在自己身后的许冰葵,伸手拍拍她头顶的小花苞,第一次见她情绪如此鲜明的样子,便开口逗道:"我刚才是不是特别帅?"

许冰葵重重点头,想起方才兆荔子说的东北话,现学现用,毫不吝啬地夸奖他:"腿老长了!"

余虓烈一愣,随后拍着大腿笑弯了腰,眼泪都溢出来,在许冰葵张皇无措时,带着薄汗的手揉乱了她的头发。

他大声地夸回去:"老可爱了!"

兆荔子在一旁无言,觉得这两人凑一起,老幼稚老愚蠢了……

一行人有说有笑地往七班的区域走去,远远地便看见那边哄乱成一片。

等他们走近了,看到有两个高个子抬着担架,从看台上抬下一个人,马志远和体育老师小跑着跟在后面,急吼吼地往操场外跑。

出状况了。

几人对视一眼,抬腿匆忙跑过去。

"什么?朱星吉急性阑尾炎犯了?"兆荔子拉住一旁的同学。

"对。"女生刚刚和朱星吉就坐一起,现在还有点惊魂未定,"朱星吉脸都白了,一开始他说是吃坏了东西,后来捂着右侧小腹就倒下了。我们都以为食物中毒,幸好马老师和校医一起来了,才说是阑尾炎。"

兆荔子坐下来拍拍她的背,安抚道:"没事没事,割掉就完事了,别担心!"

而正在外围站着的许冰葵拽了拽余虓烈的衣袖,在他低头时,皱着眉小声说道:"还有二十分钟……就是800米比赛。"

余虓烈也皱起眉头,朱星吉练了半个月,清晨跑操加上放学后的加训,跑得体重都减轻了,却在最后关头……

可再可惜也没办法,许冰葵提议道:"我去取消他的……名额吧。"

说罢,她抬腿往裁判那边走去,余虓烈也默默跟着。

前方有一个班级也聚集在一起,正在为接下来的比赛打气,中间簇拥着他们的运动员,看背影高高瘦瘦的,一回头,余虓烈便认出人来。

这不就是上次调侃朱星吉的4号男生嘛。

"我去。"余虓烈大步一迈,拉住了许冰葵的手臂。

"啊?"

他微弯着腰,硬是把娇小女孩掉了个方向,揽着她原路返回,勾唇在她耳边轻声笑道:"我去跑,给体育委员大人再拿个第一。"

二十分钟很快便过去了,余虓烈刚完成跳高,权当热身了。当腰间别着发令枪的裁判叫到朱星吉的名字时,余虓烈淡定自如地从座位上站了起来,径直走到对应跑道处等待。

"呵!"兆荔子从后排跑上前,"他替朱星吉跑啊?"

许冰葵立即紧张地在唇边比了个"嘘"的手势,有点心虚。

兆荔子挥挥手,不太在意,大嗓门却也收了收:"他还挺有班级荣誉感哈!"

操场上各项比赛一起进行,只要场地不冲突,跑道两边也围着各班的学生,因此乱成一锅粥,说话都要扯着嗓子大喊。

也根本没谁去检查这人是不是叫这名,是不是顶替了别人来比赛,只要别大声嚷嚷,闹得裁判们下不来台就行。

各位选手已经在跑道就位,巧的是冤家路窄,余虓烈左边跑道上的就是4号,他一回头与之对视,两人视线相撞时迸发出来的全是火星子。

两人都想在这次比赛把对方踩在脚下，都在彼此眼里看到了几个大字——傻狗，你就给爷看好了。

裁判的发令枪已经握在手上，枪口直直地朝向头顶的天。

"预备——各就各位——跑！"

"嘭"的一声，替少年们打响了青春之旅上永不服输的一枪。

跑道两侧的同学们也瞬间被点燃了，激动得脖子上的青筋都冒了出来，大喊着为同窗助威。

4号在内侧跑道，看上去遥遥领先，而余虓烈却并不往旁边看上一眼，只是目视前方，全力以赴地向前冲刺。

他赢朱星吉当然轻松，可要想和体育生争第一，他没有对方长久苦练得来的持久力，只能靠爆发力，只能一步比上一步迈得更大、更快。

跑过一圈，他感觉后背已经浸湿。

重新回到出发的位置时，看到了兆荔子和其他同学，他飞一样从她身边掠过，还清晰地听到她与其他同学声嘶力竭的呐喊。

"课代表，加油——"

许冰葵呢？余虓烈眉头皱得紧紧的，开始担心她是否中暑了，所以才不在跑道旁为他加油，脚下便跑得更快了。

可秋高气爽，许冰葵哪能中暑？

4号在前,余虓烈紧咬着不放,两人已经甩开其他选手一大截距离。

过了最后一个弯道,两人冲进最后80米,余虓烈仰起头咬着牙往前冲,他没在乎自己与对手的距离,可余光捕捉到跑道外侧跟着他一齐冲刺的小小身影。

耳边呼啸的也不再是风声,只有女孩的喘息和声声呢喃:

"烈哥……快跑。"

他做梦一般,依言加速往前跑,可身子却感觉轻飘飘在,等领先对方两步冲过终点线了都还没醒过神来。

因为惯性,余虓烈往前多跑了几步。他们班马老师去了医院,体育委员迈着小短腿陪跑,此时还在他身后,根本没人安排哪个同学来扶他一把。

于是……脱力的余虓烈一脚踩在不知道是谁乱扔的矿泉水瓶上,刚拿了双项第一的功臣,五体投地地摔倒在地上,喘着粗气,一动也不动了。

随后赶来的许冰葵连忙把他翻了个身,自己连气都还没喘匀,跪在他身边,着急地捧着他的脑袋左看右看,生怕他摔出个好歹。

"你没……没事吧?"她一激动,更加结巴了。

可余虓烈眯着眼睛,太阳就在他头顶,刺得他睁不开眼,晒得他脑袋更不清醒，一听见她软乎乎的声音，看见她凑近的剪影，发晕地开口："我刚才好像听见你喊我……"他动了动唇，随后咧出两排晃人的牙齿，轻声吐出两个字，"哥哥……"

许冰葵炸了，手上用力，迅速把他的脑袋搬向另一边，力道重得像是在他脑门上扇了一巴掌。

这两个字比刚刚全力冲刺还要令她缺氧。

仰面躺着的余虓烈闭着眼，一边喘着粗气一边笑出声来，那放肆的笑声像是不把她羞哭就不罢休。

她跪在一旁，双颊红得滴血，呼吸都乱了，可又做不到不管他，剧烈跑步后不能躺倒或坐下，应该要拉他起来走一走，缓缓劲才行。

许冰葵只好凑近去看他是否哪里不舒服，可目光怯怯的，一寸一寸挪到他的身上。

少年的前襟彻底被汗打湿，有汗珠沿着下颌滚落，隐秘地滑进了他的衣服里，衣袖早被他高高挽起，手臂上的肌肉覆盖着一层薄汗。

刘海也已经湿了，被他随意捋了上去，露出他饱满的额头和眉眼。恰好他闭着眼，她越来越直白的目光才不会被他撞见，而他的睫毛一颤一颤，她还胡乱想着原来男生的睫毛也可以这么长。

余虓烈喉结一动，知道许冰葵在看自己，又露出笑来，正想说些什么，身后传来兆荔子的叫喊声。

"哎,余虓烈咋了?跑完步不能躺,赶紧起来溜达溜达!"

许冰葵如梦初醒,连忙爬起来,目光躲闪着,脖子都羞红了,却还是向他伸出了手。

余虓烈也毫不含糊,连忙握了上去。

指尖相触时,许冰葵切切实实感受到了胸腔里即将迫切蹦出的那颗心,仿佛只要余虓烈勾勾手,它便会藏进对方的口袋里,成为他一人的附属品。

铅球比赛开始了,七班有两人报名了这个项目,因此以兆荔子为首在上场比赛中自发组成的啦啦队,十分有气势地全部围了过去。

许冰葵搀扶着余虓烈在操场上走了几步,不知道他是真的腿软没力气,还是坏心眼的故意而为,身体的大部分重量都压在她的身上。

一个一米八一的人,瞬间变成了人形挂件,还是挂在一米五刚出头的女孩身上。

一旁有几个低年级的学生频频向他们投来目光,许冰葵为难地推推余虓烈,想让他站起来好好走路。

可余虓烈不为所动,开始脚踩对手、捧高自己:"我就说我不能给我们班体育委员拖后腿,轻松干赢那体育生!"

他得寸进尺,凑过来再次为自己讨奖励:"体育委员,是不是要给我点奖励?"

许冰葵尽量冷漠地板着脸,转过脑袋,只留给他一只红红的小耳朵,但是三四个字往外蹦的断句方式重现江湖,暴露了她的紧张——自两人每天讨论武侠小说后,她口吃的状况已经缓解了很多。

"身体素质……不太行,跑 800 米……就站不稳。"她像个老师,正儿八经地评价了他在场上的表现。

哪个血气方刚、正值青春最好年华的男孩愿意被人说身体素质不太行?

余虓烈收回半边身子,瞬间站稳了,看上去还有点无措。

许冰葵抿着嘴角,偷偷瞄他一眼,又低头偷偷地笑。

奖励还是要给的。

事实上许冰葵看到余虓烈这样的表情,像只受伤的委屈大狗,立即就想给他顺顺毛。

她想了想,对方已经不需要她帮忙整理语文笔记了,可他还怕会在小巷子堵他的混混!

许冰葵眼睛一亮,再看向余虓烈时眼睛弯弯,说道:"再走一走,奖励……待会儿给你。"

她话音刚落,余虓烈就重新扑了过来。她仿佛还能看见某人身后其实有一条隐形的尾巴,此刻又欢快地摇了起来。

两人绕着操场走了半圈，马上就到中午休息时间了。运动会期间学校不要求在校用餐，他们便趁着大家都不在看台时提前回到了教室。

余虓烈十分兴奋，手心微微冒汗，他在裤边上擦了擦，乖乖等着许冰葵许诺的惊喜。

许冰葵走到窗边，在自己的座位上蹲了下来，随后打开书袋翻找，在余虓烈期待的目光中掏出了一张花花绿绿的纸。

余虓烈一愣，接过来才发现是她家道馆冬季招生的宣传单。

"我奖励你……免费试课！"

许冰葵将手背在身后，眉飞色舞的样子带着一些自豪。

余虓烈一乐，欣然收下了，觉得这也算是一种邀请。毕竟寒假即将来临，到时候两人不能天天见面，而许冰葵在这个节骨眼上，为他送来了一个恰当的理由。

可马上他就笑不出来了……

两人在巷口分别，他骑着车往老街走，吊儿郎当的，嘴里哼着不知名的小曲儿。经过十字路口时正好遇见了许菏年，便连忙停下车来打招呼。

许菏年今天不再是儒雅书生的打扮，而是穿着一身雪白道服，秀出了自己两臂发达的肌肉。

"叔叔好！"

余虓烈在许荷年面前站定。

对方一愣，随后认出他："小余，回家啊？"

"对，我家就住老街。许叔叔来这边办事吗？"余虓烈笑着点点头，一副乖巧学生的样子。

"不是，"许荷年摆摆手，朝他晃了晃手中的那一沓宣传单，塞给他一张，温文尔雅地笑，"我在这儿招生呢。正好，给你一张，有时间来道馆玩。"

余虓烈捏着刚收到的单子有点呆，而一旁有人带着半大的小孩过来咨询，他只好让出位置，跟许荷年道别。

从这个路口到他家只有八百米距离，余虓烈骑一会儿停一会儿，陆陆续续捡起了被扔在马路边的二十八张同样的宣传单。

上面的印刷大字鲜艳醒目——招生了！招生了！凭此单可免费体验小葵花道馆三节精品课程！

宣传单当然印有成百上千份，可他收下许冰葵的礼物时，单纯地以为他口袋里的是独一份。

他拿着一沓单子哭笑不得，推开自家院门时，正好撞上出门倒垃圾的余宝庆。

爷爷朝他手中看一眼，打趣道："哟，哪个小伙子上门推销来啦，

卖的什么保健品啊?"

余虢烈回到房间,第一时间发短信给许冰葵,问道:"你说的免费试课,是只有宣传单上说的那三节吗?"

没等许冰葵回复,他紧跟着又发了一条:"我集齐了三十张,可以兑换终生免费吗?"

等许冰葵吃完午饭回到自己房间,看到这两条消息后,脸上温度上升了几度不必多提。

小葵花:"可以。"

直到晚上扶着余宝庆上床休息后,余虢烈才终于想起了朱星吉,立即发短信慰问:"你是第一个被中学运动会男子800米长跑项目吓出急性阑尾炎的胖子,但是谢谢你。"

收到信息时,朱星吉正躺在病床上,愉快地练习着如何落地成盒才够优雅,看到他发来信息,还开心地不顾队友死活切屏查看。看完他深觉被侮辱了,感觉右下腹的刀口又开始隐隐作痛,手上却不知死活地回复:"为什么谢我?"

余虢烈就在屏幕前候着他这句话,按着小键盘的速度都更快了一点:"我替你上场了,拿了第一。"

朱星吉瞬间原谅了余虢烈的取笑,真心夸赞:"哇!你太棒了吧烈哥!好给力!"

余虓烈笑笑,他想炫耀的可不是这个。

"可是我最后摔倒了,走不动路,谁牵着我的手把我扶回教室的,你能猜到吗?"

朱星吉:"?"

朱星吉小小的脑袋里,有着很多的问号。

## 第五章
自己立的人设,当然要自己破了才刺激

桑朵镇的冬天是湿冷的,虽然很少下雪,可风刮在人脸上就像那带刺的冰锥一样。

许冰葵现在已经不骑单车上下学了,她怕冷得很,每次这种天气骑着车暴露在清晨的浓雾里,她都害怕自己的耳朵会被冻掉。

清晨五点四十分,许家的院门打开一条缝,许冰葵半个身子探了出来,她穿着粉色的棉袄,小脑袋被斗篷围巾裹了个严严实实,手里还捧着热水袋,跨过门槛走出来。

因为穿得多,走路的姿势一摇一摆——像只笨拙的小企鹅。

"好好走路。"门后传来一声喊,春田奶奶从她身后追了上来,扶着门框看她。

许冰葵立马收回往一边撇的腿,露出来的那双大眼睛眨了眨,乖巧得不行。

一阵风吹来，春田奶奶裹了裹身上的毯子，又叮嘱她："跑完步就把牛奶喝了，不然凉了闹肚子。"

厨房灶上还蒸着年糕，她没等许冰葵回答，便转身关了门。

许冰葵对着紧闭的大门点点头，这才朝巷外走。

马上就要期末考了，她嘴里喃喃背诵着诗词，目视脚下，安安静静地走着，心思却慢慢飞到了天边。

道馆已经招收了一批学生，今晚开始第一次试课，而余虓烈作为新生也会一起过去，她昨天刚和对方确认的。

"去呀。"余虓烈当时笑眯眯地点点头，语气却有几分咬牙切齿，"当然要去，为了强身健体，为了不被打劫。"

她听后颇为惊喜地感叹："不错，你已经有了……自我保护意识。"

可不知为何，对方的脸色更加不好看了。

许冰葵胡思乱想着，刚拐出巷子，便听到身后一声大喊："女侠！"

她回头，刚才还在心里想着的那个人便出现在不远处，拨开薄雾朝她跑来，到了跟前时露出了如烈日乍破天光般的笑容。

"好巧啊，我今天也没骑车。"余虓烈摊摊手，随后插兜往前走着，回头笑道，"更巧的是，哪儿哪儿我们都能碰上。"

许冰葵藏在围巾里的嘴角也抿出个弧度来，快步跟上他的步伐，

两人便慢悠悠地往学校走去。

傍晚放学,许冰葵直接把余虓烈带到了道馆,她推开门,回头请他上楼,而余虓烈却抬头看着门口挂的牌匾,迟迟不动。

许冰葵拽拽他的衣角,有点不好意思地催促道:"走吧,我们上楼。"

可余虓烈就是要让她害羞一般,指着用毛笔题的几个字,真诚问道:"这朵花是你画的?"

牌匾上龙飞凤舞几个字——小葵花道馆,而中间取代"花"字的,是一朵幼儿园水平的手绘小红花,嵌在上面多了几分可爱和俏皮。

余虓烈看了眼牌匾的右下角,上面标注题字时间是十年前,他突然便能想象出坐在书案前,拿着蘸了墨的大毛笔画画的粉嫩小丸子。

许冰葵小脑袋点了点,抬腿"噔噔"地往楼上走,身后便传来余虓烈的几声呼唤,语气中带着变本加厉的戏谑,连长久以来的称呼都给彻底换了。

"小葵花,哎,小葵花,等等我!"

余虓烈快步追上去,嘴里喊着前面的人,含着笑的声音低沉好听,带着几许温柔。

"重要的一天——放学后,小葵花带着我到了小葵花家的小葵花道馆,看见了牌匾上'小葵花道馆'几个大字,中间还有一朵小红花……"

"小葵花"三个字从他嘴里吐出来,而且像绕口令似的一直说个不停。许冰葵的脸便随着那一声声的呼唤而慢慢涨红,像是他会夺命一样,只想离他远一点。

她用力推开练习室的门,一脚跨进去,练习室里二十几个小脑袋齐刷刷转了过来,全部直直地盯着她。前边坐着的许荫年听见动静,也转头看了过来。

许冰葵一愣,那只脚不知是缩回还是继续迈进去,而她身后几步追来的余虓烈毫无所觉,嘴里还在不停念叨。

"噢,原来那是六岁时的小葵花画的啊!"他胸膛撞上了许冰葵的后背,眼睛里便只有前面的小姑娘了,他伸手揉上她的头顶,大声笑道,"老可爱了!"

他话音刚落,室内便爆出一阵小朋友的哄笑。

余虓烈这才抬头看过去,偌大的练习室中央,盘腿坐着二十几个小萝卜头,看上去都是在上幼儿园的年纪,此时笑得东倒西歪。

许冰葵赶忙跨进来,脸红得能滴血,小跑着往许荫年那里去,而余虓烈看到许荫年,立马笔直地站好了,心虚地摸了摸鼻梁。

饶是他这般城墙厚的脸皮,一不小心没忍住,当着人家的面调

戏了人家亲闺女,也是会脸热的。

许菏年倒还是那副温润和蔼的模样,轻轻咳了一声,底下的小学员们便逐渐安静下来。

余虓烈朝许菏年鞠躬,恭敬地喊道:"师父好,我是今天来报到的学员。"

许菏年点点头,笑道:"小余,先找个空位坐吧。"

余虓烈把书包放在一旁,在队伍末尾坐了下来。前边一个锅盖头小男孩仰着脑袋看他,冲他皱起鼻子做了个鬼脸,被旁边一个梳着两根麻花辫的女孩拽了回去,小女孩回头看他,轻轻柔柔地说:"大哥哥你别怕,他就是吓唬吓唬人。"

余虓烈:"……"

此刻的画面越看越诡异,他一个一米八一即将成年的男子汉,混在一群幼儿园的萝卜头中间,还得被小鬼龇牙咧嘴地"吓唬"。

余虓烈实在没想明白,他是伪装弱鸡不错,可看上去已经菜到如此地步了吗?

前边的许菏年站起来,像是在幼儿园上课的老师一样,弯腰笑着开口道:"好了,现在我们'花花班'最后一名学员也到齐了,我们来鼓鼓掌,之后我们就一起在这里上课了。"

小朋友们都在热烈鼓掌,情绪高昂,而坐在最后的余虓烈皱紧了眉。

他听明白了,他之后得跟着这群小鬼一起上课,且因为到得最晚,他甚至得叫他们师兄师姐……

第一个晚上只是动员而已,七点半便结束了,余虓烈和许冰葵两人站在门口,和他的"师兄师姐们"一一道别。

花花班明天就开始正式授课,幼儿园已经放假,所以时间比较自由,而余虓烈则每天放学后要跑到这里来,幸好期末考马上就到了,考完他便也解放了。

送走最后一个小朋友,许冰葵便开口向他解释:"因为只是想要你……强身健体,我就跟爸爸提了,你没有基础,所以先跟着小……朋友们练习,可以吗?"

许冰葵声音糯糯的,有点担心余虓烈介意这件事。

可是她开口说的第一句话,余虓烈便放下了心中所有的不情愿,他感觉明天再见面时,他都能冲着小鬼们热情地喊师兄师姐了。

"当然可以,"余虓烈轻轻地笑,"一切按照原计划进行,先强身健体,后不被打劫。"

许冰葵也笑了,冬夜里的天如墨般漆黑深邃,而最亮的星星在她弯弯的眼睛里。

许菏年从楼梯口探出半个身子,喊道:"小葵花,来收拾好自

己的东西,准备回家啦!"

许冰葵应了一声,余虓烈便拿起一旁的书包背上,轻声道:"你去吧,我也回家了。"

许冰葵点头:"明天见。"

随后她便"噔噔噔"地再次跑上楼,而余虓烈还站在那里,注视着她的背影,等楼上传来父女俩的交谈声,他才转身离去。

楼上已经拖好地了,许菏年从洗手间走出来,擦着手,问道:"你之后都会来道馆这件事,有跟奶奶说吗?"

正往脖子上围着围巾的许冰葵动作一顿,做错事一般,垂着脑袋摇摇头。

许菏年轻笑着上前,帮她整理好围巾,拍了拍她的脑袋:"别怕,爸爸跟奶奶说,她会同意的。"

道馆离家稍远,等父女二人回到家,原本已经回房休息了的春田听到动静后还是开门出来,进厨房给他们热饭。

许菏年也跟着去帮忙端菜,约莫是开口提了那件事,许久之后春田才从厨房里走出来,坐在饭桌边上,看着他们吃饭,却迟迟不说话。

许冰葵有点紧张,吃饭的速度也慢了下来,不敢发出声音。

春田早就说过,小姑娘就该有小姑娘的样子,所以每天将她打扮得精致漂亮,而且从不允许她去道馆。

——他们家,还有许多其他规矩。

许菏年看一眼老太太,随后动筷给女儿夹了块肉。

春田开口:"道馆忙,你们二人若是想泡在那里,也可以。只是冰葵,如果你学习上稍有退步,以后不论刮风下雨,我都会去学校把你接回家来。"

她说完,便起身回房。

而在座的两人听到这个回答,心里都闷了一股气,此刻也谈不上多高兴。

许菏年又给女儿夹上几筷子菜,也不知道该说些什么,艰难地开口:"吃吧,待会儿菜都凉了。"

第二天,余虓烈一放学便拉着许冰葵坐上公交车,赶在七点之前到了道馆。

随后,果然如昨天所说,他站在道馆门口,面带微笑地迎接着小朋友们。小萝卜头们都是由家长送过来,交到他们二人手中后,家长们便转去旁边的商业街闲逛去了。

昨天朝余虓烈做鬼脸的锅盖头小男孩从他身边经过,左脚的鞋带散着,余虓烈便一把将人抓过来,蹲下给小男孩系鞋带。

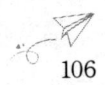

"别动。"

而锅盖头小男孩抱着余虓烈的脑袋,两只手还抓着他的头发,将他的脑袋揉成了鸡窝。

余虓烈抬头正想跟小男孩说话,楼梯上走下来一人,高大的身影背着光。他还没看清对方,便听到身边传来兴奋的一声叫喊:"哥哥!"

余虓烈惊讶地转头看向许冰葵,以为她是在叫他。但是,还没为这声货真价实的"哥哥"二字开心,他便看到她的目光越过他看向他的身后,脸上是藏不住的惊喜。

余虓烈回头,看见了一张熟悉的面孔,随即皱起了眉。

宋森也看见了余虓烈,歪头仔细端详了一阵,随后也慢慢皱起了眉头。

宋森没有回应许冰葵,眼里只有这消失几个月的小子,他伸手把嘴上斜斜叼着的烟头取下来按灭了,抬脚踢了踢余虓烈的腿,问:"你这是什么造型啊?"

他这副像是对许冰葵嘴里"哥哥"二字毫不在意又习以为常的样子,彻彻底底地中伤了余虓烈的心。

余虓烈装作不认识宋森,伸手轻轻捂住锅盖头小男孩的口鼻,绕过他往前走,语重心长地教育着小孩:"师兄,看见了吗?抽烟的咱们都得远离,烟纱纱兮肺心寒,尼古丁一进兮不复还。"

宋森在心里骂了一句。

而锅盖头小男孩挠挠头顶的小锅盖,莫名其妙地看着余虓烈,满头的问号:"你在说什么乱七八糟的?"

等上课了,余虓烈跟着小朋友们在练习室做热身,随后开始蹲马步。许菏年背着手在场内走来走去,非常细心地给孩子们调整着动作。

而余虓烈下盘稳实,不动如山,双眼却死死地黏在走廊上的二人身上,心也飞了出去,非常想把许冰葵拽回来,藏到自己身后。

宋森察觉到余虓烈吃人的目光,嗤笑一声,回头瞪了他一眼,可几个月没见的余虓烈倒是更加目中无人,冷冷地看了回来,视线不躲不避。

宋森下巴点点余虓烈,冲许冰葵问道:"这小子是谁啊,看上去真土。"

许冰葵顺着宋森的视线也回头看向余虓烈,宋森便看到方才还跟他针锋相对的人立马收回了视线,乖乖地蹲着马步,不再做其他小动作。

小姑娘转过头来,语气是自己都没察觉的轻松,笑道:"是我同学。"随后皱着秀气的眉,认真地纠正宋森的后半句话,"他不土。"

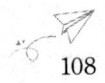

　　宋森低低笑出了声,伸手拍了拍许冰葵的脑袋,说道:"我昨天刚回来,就听见许叔提到你的朋友好几次,今天过来打拳,没想到他也过来练拳?"

　　"是。"许冰葵立马掉进坑里,也是因为在宋森面前不必掩饰,三下五除二便把余虓烈的身份给兜了个底。

　　"他刚来的时候,被小混混堵在……巷子里敲诈,身体也不太好,所以过来,当作是锻炼了。"

　　"哦?"宋森挑挑眉,点了点头,又问,"他叫什么名字?"

　　"余虓烈。"

　　宋森又笑了一声,惹来许冰葵写满疑惑的目光。他摆摆手,用只有自己能听到的声音骂道:"倒是还叫这个名字。"

　　他们一前一后地进了练习室。

　　宋森像是在自己家一样,边走边脱下毛衣,径直走到沙包旁边,穿着件短袖便摆开架势,打出第一拳时,手臂上的肌肉筋络都显现出来。

　　蹲着马步的小朋友们都被他吸引了,嘴里发出一声声惊呼,到最后甚至不知不觉地站起来,在宋森旁边围绕成一个圈,为他叫好鼓掌。

　　许苘年笑呵呵地没多管。这样正好,给刚入门的小朋友们树立一个榜样,原先许冰葵就是撞见宋森练拳,隔天就偷偷跑到道馆说要一起学。

而此时许冰葵也像当年一样站在角落,一脸崇拜地看着宋森。宋森一直是她童年偶像的存在,因此每次看见宋森,她的眼睛里都落满小星星,连余虓烈从身后悄悄靠近也全然没有发觉。

余虓烈在她身后站定,幽幽地问:"你最喜欢的武侠人物是谁?"

许冰葵想都没想,回道:"乔峰。"

余虓烈看了眼宋森,再回想了下书中对乔峰的描写,眼睛都瞪圆了。

"这人身材甚是魁伟,三十来岁年纪,身穿灰色旧布袍,已微有破烂,浓眉大眼,高鼻阔口,一张四方的国字脸,颇有风霜之色,顾盼之际,极有威势。"

——宋森可不就是现代的盗版乔峰吗!

余虓烈看了看比自己高出半个头的人,烦躁地揉乱了汗湿的头发。他长长地哼一声,像是小狗撒娇的咕哝声,这才引起了许冰葵的注意。

许冰葵转过身来,看他垂着头一副恹恹的样子,有点着急。身后又爆出一阵欢呼,而她也没兴趣去看了,小跑着取来干毛巾。

"你怎么了?很累吗?"许冰葵递给他毛巾,"第一次扎马步……

是这样的。"

知道装可怜一向对许冰葵有用,余虓烈便顺势点头,刚想卖个惨说自己腿酸,可看着不远处春风得意的宋森,他又摇了摇头,改口道:"只是口渴了。"

许冰葵便立马又跑走,回来时怀里抱着茶壶,递给他一大杯红茶。

"那你喝口茶休息……一下,马上又要上课了。"

那边宋森已经停下来,坐在茶案旁微喘着气休息,许菏年便挥手把小朋友们重新召集上下半节课。因为看完宋森打拳,大家都兴奋地在垫子上又蹦又跳。

许冰葵接过余虓烈手上的杯子,示意他赶紧回到花花班队伍。

余虓烈一口血就卡在喉头处,咬牙问:"我能再喝一杯吗?"

许冰葵赶紧抱着茶壶走远了,摇头叮嘱:"不能,运动中不能……喝太多水,你去练习吧,结束了再喝。"

她觉得有点奇怪,其他小朋友都激动起来了,怎么这位大朋友一点激情都没有呢?

许冰葵回头,见余虓烈还站在原地不动,努起嘴来催促:"快动起来,不能偷懒。"

余虓烈只好认命地又开始扎马步,宋森已经穿上来时的衣服,像是在自己家一样出了练习室,临下楼前还回头看了一眼余虓烈。

八点半下课，余虓烈帮忙一起收拾了练习室，跟父女俩道别后，便背起包下楼。

刚出门他便看到倚在路灯下的那个高大背影，脚边烟头扔了好几个，分明是一直在这儿候着他。

宋森手里还夹着未燃尽的烟，听见身后的脚步声便转过身来，眯着眼看向来人。

余虓烈慢慢晃过来，开口仍然是那句贱兮兮的话："烟缈缈兮肺心寒，尼古丁一进兮不复还。"

宋森气得想踹他，怒道："说人话。"

"哦。"余虓烈踢踢散落的烟头，说的也不像是人话，"走时请把烟头带走。"

宋森下一秒便攥紧了拳头，被气笑了，在烟头上咬出好几个牙印来，打量着他这一身打扮："几个月不见，你不仅改头换面，还欺师灭祖？"

——余虓烈在市里练了八年泰拳，刚入门便是跟着当时读大学在馆里兼职的宋森练习，之后宋森大学毕业，自己投资办了个拳馆，余虓烈又跟着他去了那边，是他开出的第一单。

两人亦师亦友，很多时候余虓烈爸妈都在外地，他便死皮赖脸跟在宋森后边，去宋森家蹭饭吃。

而五个月前,余虓烈给他发了条告别消息之后,便再没了踪影,也从不回他的电话短信。

此时,余虓烈冷眼看他。

宋森认命般地从包里掏出纸巾,蹲下来捡起那几个烟头,说道:"往前走一段吧,他们马上就要关门出来了。"

余虓烈引着路,宋森便跟在他身后,两人慢慢沿着路往前走。过了一会儿,宋森便开始算总账了。

他突然冷笑了一声,嘲讽道:"你消失快半年,再出现是大尾巴狼伪装小羔羊来了?"

余虓烈敛了敛眸光,问道:"你跟她说什么了?"

"我说你很土。"

余虓烈立即面无表情地转头,狠狠瞪了过去。

宋森举起双手投降,咧出一个无辜的笑容:"她也表示赞同。"

把黑说成白的这个本事,余虓烈和宋森从来都不分上下。

余虓烈翻个白眼,往前快走了几步,便被追上来的宋森薅住了后领。

余虓烈一回头,便看见宋森咬着腮帮子骂道:"臭小子,你到底是为了什么人间蒸发几个月?"

余堍烈在暑假前回到桑朵，当时是期末考试第一场，他在进考场前最后一秒收到余宝庆在院子里摔倒的消息。他爸妈常年在外地，接到桑朵县医院打来的电话，他们赶不回来，只好把电话转给了余堍烈。

余堍烈当即从学校翻墙出来，打车回到桑朵，在医院陪床几天，又把爷爷接回家中，在床前照顾了半个月，把老爷子养得胖了一圈，他爸余鉴平才风尘仆仆地出现。

余堍烈当时看着余鉴平在饭桌前坐了不到一刻，尴尬地掐断了几个电话，试图留下来陪两人吃一顿饭，可最后还是披星戴月地走了。

他便知道，平常一家三口相聚都十分困难，让那两个大忙人花费心力来照顾小镇的老人，这事想都不用想。

他第二天便一声不吭地回了家，打包好行囊重新来到桑朵，说什么都不愿意再回市里。

那个晚上，他便和愤怒找来的余鉴平做了个约定……

余堍烈带着宋森在老街上溜达，月亮也跟着他们慢慢地走，路两边停着两排小推车，空气中满溢炸串和炒粉的味道。

在余堍烈的肚子发出第一声响声时，他揉了揉肚子，终于把这事跟宋森解释清楚了。

宋森不知说什么才好，索性动手薅了把少年的鸡窝头，骂道："那你不早跟我讲清楚，害我辛苦找了你半个月。"

余虓烈笑道："我连退学都只是往班主任的办公室塞了封手写信，哪还记得跟你解释这么多。"

宋森哈哈大笑起来。

以前的余虓烈仗着自己拳头硬、成绩好，一向目中无人。他狂妄到一声不响地退学，只丢给班主任一封信，寥寥两行字代表了自己对班主任的尊敬——转学，感谢师恩，后续事宜请扰我爸勿扰我。

回想起这事，余虓烈觉得半年前的自己过于中二，低低笑了起来，往宋森肩膀上捶了一拳，又觉得在市二中的事情已经离自己很远了。

宋森自然想到他以前的样子，又打量他几眼，继续问道："那你干吗这副打扮？"

宋森立即严肃起来，停下步子。

"我知道你不是那种人，"他想起许冰葵口中的余虓烈，盯着余虓烈，正色道，"但你要是图好玩骗许冰葵的话，别说许叔，我第一个不会放过你。"

余虓烈也回瞪着他，反问道："你是她什么人？哥哥？"

宋森面无表情地点点头："许叔开的道馆就是租的我家的地儿，我家就住那楼上，小葵花……她就是我看着长大的妹妹。"

"那就成。"余虓烈摸摸鼻子,带上几分郑重几分笑容地说,"我不会骗她。"

宋森大手往他后脑勺上一拍,按着他往前走,咬着后槽牙警告道:"也不可以胡乱遐想!"

余虓烈身子一扭,挣脱了宋森的桎梏,往前一蹿,此时的笑容已经变了味道,像是嘴里含着糖一样,大声道:"那这个连许叔都管不着。"

宋森还想说什么,可余虓烈已经停在了一户人家前,推开院门,径直走了进去,随后又探出颗脑袋,看着发愣的宋森。

他扬起手挥挥,贱兮兮地笑道:"谢谢你送我回家啦,夜深了,你走吧。"

接着,他皱着眉,一副为难纠结的样子,补充道:"你不是问我为什么这副打扮吗?因为我爷爷不让我跟社会人士一起玩。"

说完,他便像条泥鳅一样,在宋森冲过来抓他时,灵活地缩回了院子里,无情地将院门一关,把宋森拦在了门外。

"臭小子!"

宋森骂了一句,他还以为这人要领他到哪个大排档叙旧,没想到倒是拐着他将人送到家门口了。

宋森气得牙痒痒,刚转身要走,便听见院子里传来一道中气十足的骂声：

"臭小子，你放学又跑哪儿去了！饭菜我都给你热了三遍！"

宋森"哧"地笑出声来，仿佛能想象出余虓烈被攥着骂的样子，心里顿觉解气。

院子里，余虓烈捧着碗向老爷子赔着笑脸，为自己叫冤："爷，我昨天不是跟您讲过了吗？我之后都会去同学家里的道馆打拳，每天都得晚回来。"

余宝庆愣了愣，这才在一旁的椅子上坐下来，微皱着眉不知道在想什么。

余虓烈没注意到老人的神情，饿狼了似的扒口饭，吞咽后开口嬉皮笑脸道："往后您也不用等我吃饭了，吃完饭就结伴去广场上溜达，打打太极或者跳跳舞。哎，您打太极我打拳，我们就是胡同双侠。"

余宝庆拍拍他凑过来的毛茸茸的脑袋，笑着斥道："赶紧吃饭吧，凉了还得给你热！"

余虓烈得了令，便大口吃了起来。

余宝庆看着他狼吞虎咽的模样，脸上的皱纹堆出笑意来，又开口道："明天周末，又是个大晴天，咱爷俩去乡下爬爬山？"

"好嘞。"余虓烈连忙答应。

等余虓烈收拾好躺上床，隔壁屋的余宝庆已经鼾声如雷，他摸出自己的智能手机来，时隔半个月才打开微信，不去管他爸妈和其他朋友发的信息，找到宋森的名字，再次发问。

"她真的这么说吗？"

宋森收到消息时才吃完饭，看着微信里的对话，万分不情愿地回复："？"

"说我土这件事，她真的赞同了吗？"

宋森懒得理他："你现在怎样一副土土的样子，自己心里没有数吗？"

说话不文明，余虓烈也不想理他了，又在包里翻出常用的老年机来，问朱星吉："我平常很土？"

朱星吉惊讶于余虓烈没有一点自知之明，很快回复道："哈哈哈，土。"

余虓烈心里早有了答案，此刻丢掉手机。

他看了眼桌上放置的那副大黑镜框眼镜，坐起身来，没有一丝犹豫地将它重新放回余宝庆的柜子里。

爷孙俩说好去爬山的第二天清早，余宝庆赖在被窝里不肯起来。在白头霜散去之后，余虓烈跑到隔壁屋，手上端碗热乎冒着香气的

胡辣汤,把老人从被窝里引诱了出来。

余宝庆还半眯着眼,半坐起来穿衣服,嘴上还骂着余虓烈:"好小子,就不能让我多睡一会儿!"

余虓烈无奈:"您这都赖了几个一会儿了,再赖一会儿就该吃中饭了。"

他起身走到窗边拉开窗帘,阳光和鸟叫声便一并争先恐后地蹿进屋里,突如其来的光亮刺得余宝庆半睁的眼睛猛地眯了一下,眼中余虓烈背光的剪影却越来越清晰。

皱着眉多看两眼后,余宝庆便笑了出来:"哟呵,你还真够早的,还跑去修理了你那个鸡窝头?"

面前的余虓烈终于不再缩着脖子、穿着各式各样的polo衫了,他换上自己的衣服——一身黑色的运动装,显得干净利落之外,还越发挺拔。

发型也换了,之前厚厚盖在头上的自来卷不见了,捋直了,终于清爽地露出了两边的鬓角、额头和一双稍显寒冷的眼睛。

余虓烈笑着凑近余宝庆时,余宝庆还能闻到巷口张老头店里洗发水的味道,他从来不去那里剃头——张老头剃了四十多年,可手艺还是不好!

但今天,张老头却剃出个明星来。

余宝庆越看越欢喜，笑道："我就说，你从来就不是自来卷，终于给我捋直咯。"

余宝庆抬起大掌轻轻摸上他的脸，眼中是止不住的笑意，也不拆穿他之前的伪装。

"得嘞，赶紧起吧，买的早餐都凉了。"

余虓烈直起身，两手插着兜晃出去了。

这人换了身装备，像是面子里子全都换了，那副以前隐隐带着高傲嚣张的样子又回来了。

等爷孙俩吃完早餐出门，已经是十点半了。冬日里的阳光照在人身上，格外暖乎乎。余虓烈背着大大的登山包，手上牵着余宝庆，爷孙俩都精神十足地往公交站走去。

出了巷子还能听见张老头店里传来"咔咔"的剪刀声，他大声喊着："看！看余家那大孙子，早上来我店里整了个造型，现在可像明星了！"

店里的人纷纷探出头张望，只远远看到一个背影，就笑道："嚯，还真是！"


余虓烈没赶上晚上的课，那时他还带着余宝庆在荒郊野外，好不容易来了辆出租车，余虓烈赶紧把老人塞了进去，但回镇上的路

程也要五十分钟。

余宝庆老神在在,手里头还拎着两尾活鱼。下山后他非要观看别人钓鱼,坐在草地上和两个老人聊得火热,结果错过了末班公交车。

余虓烈扶额,但看了眼半合着眼睛养神的老爷子,突然露出点笑意。这一整天余宝庆从早任性到晚,他也难得看见老爷子这么开心。

他掏出手机,想要给许冰葵发消息,才发现手机没电自动关机了。

这下没辙,他也只能闭目养神了。

等他们回到家,余虓烈先回房间给手机充电,一开机便收到了许冰葵两条短信。

小葵花:"你今天怎么没来道馆啊?"

另一条是下课后发的,可能见他一直没有回复,语气中便带上了惴惴不安:"你是不是不想和花花班一起上课啊?你马步蹲得还挺扎实,已经可以跳级了。"

余虓烈笑出声来,满腔柔情,赶紧给她回了条消息。

"是要给我走后门吗?那花花班的进阶班是叫葵葵班吗,葵葵?"

隔天,余虓烈下午便出现在了道馆门口,看见一旁有卖糖炒栗子的小车,走过去排队。今天温度更低,他却穿了件更单薄的外套,两手插兜地立在人群中,酷酷地低着头,谁也不看。

路过的女生一大半都回头看他,捂着嘴悄悄和同伴讨论,也有大着胆子想上前的,跟着他一起排在了队伍里。

许菏年在窗边享受着余晖的照耀,慢悠悠地喝着茶,往外看了一眼,随后回头喊许冰葵。

"小葵花,"许菏年一指窗外,"小余提前来了。"

许冰葵正在做作业,听见这话立即起身,"噔噔噔"地跑过来,小脑袋探出窗外。她戴着毛线帽,小脑袋圆溜溜的,可一直看了好几眼也没找到人。

"在哪儿?"

顺着许菏年的手指看过去,许冰葵只看到一个高大的身影和头顶,倒是有几分熟悉,可穿着和发型都不同。她摇了摇头,有些失望地咕哝道:"不是他。"

她正想撤回身子,可下一秒楼下的那人像是有所感应似的抬头,看见窗边的父女俩,再不是冷酷模样,慢慢地露出一个大大的笑容。

许冰葵当即愣在原处,身子不禁再往外探出一些,被许菏年拦腰抱了回来,她便转头傻傻地纠正方才自己的错误:"哦,那是他,他……他换发型了。"

好在许冰葵善于接受,以前的余觥烈她从不觉得有什么不对,

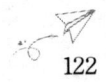

现在余虓烈摇身一变,她也只是觉得今天的他和以往比起来,仅仅是换了个发型。

楼下的余虓烈没看见许冰葵回应,而父女俩都已经收回身子,他的笑容渐渐有了丝裂缝,心里有点着急。

终于排到他了,他接过热乎乎的栗子便要往楼上跑,突然队伍中蹿出来一个人,拦在了他身前。

"你好!"

看着面前红着脸的女生,余虓烈皱了下眉头,却还是低着头礼貌地等她开口。

恰好此时窗口又探出那颗小脑袋,眼睛滴溜溜的,看见这番场景,好奇的样子。

女生攥了攥拳头,像是鼓足勇气一般开口:"你……你能给我一个联系方式吗?"

她看了眼余虓烈怀中紧抱着的糖炒栗子,说道:"我可以每天买了栗子送给你,我家就在这附近!"

怕人觊觎这份栗子,余虓烈将栗子抱得更紧了,他退后一步,余光便看见了楼上的女孩。

见他看过来,许冰葵朝他挥挥手。

余虓烈唇边便又露出笑意来,面前的女生盯着余虓烈都看傻了,而余虓烈无情地打破了她美好的幻想。

他示意对方退后一步，真诚地说："谢谢你的好意，但对不起，我不能给你联系方式。"

他指了指楼上的许冰葵，开始自说自话："你看，有个小朋友正在监视我。"

女生有点蒙，抬头看了一眼许冰葵。

余虓烈便没脸没皮地继续道："她挺好哄的，但我不想她不开心。"

话音刚落，女生便满面通红地跑开了，拉起还在小车前排队的朋友，往商业街走了。

余虓烈没管那么多，立即跑上了楼——他要去哄小朋友了。

毕竟他又旷课，又骗人的……

等他上了楼，许冰葵已经回到桌前继续写作业了。

余虓烈走过去，在她对面坐下，一双长腿很随意地放在两边，胳膊撑着桌子静静地看着许冰葵。

他突然伸手点了点许冰葵的作业，是他擅长的数学，他就将手指放在那里，却什么话都不说。

许冰葵停下笔，以为自己做错了，可又读了好几遍题，找不到错处，这才抬头看他。

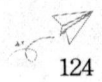

余虓烈便露出她熟悉的笑容来,逗她:"这题你做对了。"

许冰葵有点无语,但抿抿嘴也有了笑容,可当余虓烈的笑容慢慢散开,她却又立马转开视线,低下头不再看他,像把他当作陌生人一样,紧张又羞怯。

余虓烈察觉到了,问道:"怎么了?不认识我了?"

许冰葵都没抬眼看他,闷声摇了摇头。

许菏年此时走过来,看见这场景乐出了声。

余虓烈把焦急求助的目光投过去,许菏年才道:"小葵花从小就是这样的,身边人剪了头发就不认人了。"

许冰葵脸有点红,这下更不敢看余虓烈了。

余虓烈急得抓头发,最后认输了,哭丧着一张俊脸,有点后悔把头发给剃了。

没帅到人家,倒是吓到了。

他把怀中的糖炒栗子拿出来,整包向许冰葵身前推了推,有点委屈地搓搓手,撇着嘴问:"那我得等头发长长了再来找你吗?"

许菏年乐不可支。

许冰葵手足无措,又是点头又是摇头。

看着两个孩子都着急,一个害怕被赶走,一个害怕他真的走,许菏年便指挥道:"小葵花把你的帽子给他,戴顶帽子就好了。"

等许冰葵愣愣地摘下帽子,余虓烈便连忙戴上。春田手织的毛线帽上嵌着两朵粉色小花,此时恰好在他的额头上,许冰葵抬眼一看,终于露出个笑来,捂着嘴笑个不停。

余虓烈这才安心了,也不管自己现在是个什么滑稽样子,他又伸手推了推桌上的栗子,柔声道:"快吃一颗,都快冷了。"

许冰葵点点头,剥出的第一颗热乎乎、甜腻腻的栗子却放到了余虓烈的手心。

可当宋森到了道馆之后,余虓烈便没有那么好受了。

宋森看到他的第一眼,就杵在门口不动了,拦住了身后一众小朋友。

锅盖头小男孩拍拍宋森的大腿,嚷嚷道:"大师兄,你挡住我们去见师父了!"

宋森这才挪开位置,目光却不停地上下打量余虓烈,最终锁定在他脑门上的两朵粉嫩小花上。宋森笑着点点头,痞里痞气地开口:"还挺像那么一回事。"

余虓烈一个冰冷眼刀丢过来。

宋森又乐道:"没想到你这个人打扮打扮,还能摇身变成金刚芭比。"

余虓烈将毛巾一丢,扑了上去。

许冰葵从休息室出来时,这两人还扭打在一起,十几年来学的拳法全没用上,就像两个小学生抱住对方的头互相拽头发。

而一群真正的小学生围着他们,口中大师兄小师弟一通乱喊,为他们打气加油。

许冰葵跑上前直接干预这场决斗,余虓烈和宋森这才停了手。

宋森站起来,一手脱掉自己的毛衣,捂着被薅疼的后脑勺,手指点了点还坐在地上的余虓烈,咬牙切齿地骂道:"臭小子。"

成功"欺师灭祖"的余虓烈长腿一摊,朝宋森露出个挑衅的笑,气得宋森径直去了沙包旁,像把沙包当成余虓烈一样,狠狠地揍了两拳。

许冰葵看着都觉得有点疼,可余虓烈还是嬉皮笑脸的样子,好整以暇地重新戴好帽子。

许冰葵伸手把余虓烈拉了起来,带至窗边,表情严肃地告诫他:"你不要再惹宋森……哥哥了。"

余虓烈一听"哥哥"俩字,一口热血闷在了心口,抬腿就想过去再找人打一架,可许冰葵立即真诚道:"他很厉害的,刚刚那样是跟你……闹着玩。"

言下之意是,宋森认真起来你就完了。

余虓烈那一口血已然涌上喉头,但看许冰葵小脸蛋上写满担忧,他只好拽过许冰葵的手,转身以宽厚的背挡住了身后众多目光,将人逼到角落。

在两人之间只剩半臂的距离时,他突然伸出一只手抵住墙壁,把许冰葵困在了方寸之间。

对上女孩看过来的恐惧目光时,他俯身低低一笑,另一只手慢慢地拽住了卫衣的下摆往上撩,在许冰葵惊颤的目光下,露出了自己整齐结实的八块腹肌。

许冰葵觉得他在耍流氓,而且她有证据。

震惊之余,她就想抬高腿往他肩头劈过去,没想到下一秒余虓烈握住了她的手,想要带着她摸上去。

在指尖离他肌肤还有一寸的时候,许冰葵一颤,清醒过来似的猛地抽回了手,大脑已经一片空白,身体全靠本能运作。

下一秒,整个练习室都能听见那一声清脆的巴掌响声。

锅盖头小男孩跑过来吃瓜时,余虓烈还偏着头,而他怀里的许冰葵已经转过身,抱着脑袋缩在角落里,恨不得整个人都埋进去。

余虓烈脑瓜嗡嗡作响,反应了几秒,摸着被打的半边脸,突然低低地笑出了声。

许冰葵又是一颤,露出来的那一小截脖子都泛着粉红,整个人像是冒着热气,一碰就能化了。

　　许菏年此时从洗手间出来，甩着手上的水，一抬头看到了这样的场景，带着笑开口问道："你们干吗呢？"

　　听到父亲的声音，许冰葵便受惊似的回身，一把推开余虓烈，独自往小回廊跑了。

　　余虓烈追出去的时候，许冰葵的脸蛋已经被冷风吹散了几分烫人的热度，正手扶着围栏看着楼下一排排亮起灯光的商铺。

　　倒是余虓烈穿得单薄，一拉开门，被争先恐后灌进来的冷风冻得打了个喷嚏。

　　许冰葵回头看他，感觉脸颊又要烧起来了，随后挪开视线，嗫嚅着质问他："你刚才怎么……怎么……"

　　说是质问，但是许冰葵的声音软得毫无底气，最后的"耍流氓"三个字还被她吞进了肚子里。

　　余虓烈笑着上前，从容不迫地为自己解释："我没想耍流氓哈。"

　　许冰葵别过头。

　　余虓烈无辜道："我只是想让你看看我的腹肌，我并不比宋森差。"

　　许冰葵咬着唇，仍旧不理他。她都看到了，还鬼迷心窍地差点在众目睽睽下摸上去，余虓烈也太……太能迷惑人心了！

许冰葵懊恼着。

"对不起，"余虓烈开口，已经换了个模样，"一直以来我都骗了你。"

许冰葵这才看向他，眼睛里写着疑惑。

"我四年级就认识宋森了，他是我的泰拳教练。"

余虓烈看着眼前装满星星的眸子，在女孩面前撕开了自己所有的伪装。

"那天你冲上来时，我原本拳头都捏紧了，但是突然迈不动步子，心里想着，"他讲的是两人第一次相遇，回想起来时声音都带着未察觉的温柔，"天哪，这是金庸哪本书里跳出来的女侠？"

许冰葵捂着嘴，不好意思地笑着，问道："那你第二天还说……你害怕他们。"

"因为第一次被人保护，食髓知味，再不知悔改了。"

在听到余虓烈讲述的经历后又听见他说的这句话，虽然余虓烈语气轻松，看上去毫不在乎，可许冰葵眼睛却不受控制地渐渐湿润，心里最深处涌上来一阵酸意，含着水光看他。

余虓烈揉揉女孩的头顶，又叹了一口气说："从第一次见面，我可能就骗了你。"

许冰葵眨眨眼，不明所以。

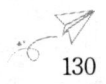

余虓烈便道:"我的一切,外貌、性格、书呆子和弱鸡的样子,全都是我装的。"

其实在桑朵一中开学之前,余虓烈已经开始伪装了。

暑假余鉴平赶来时,他刚伺候着余宝庆睡下,随后被满腔怒火的余鉴平拉着手腕拖到了院子里。

余鉴平微微仰头,看着眼前比自己还高大的少年,对上他脸上的漫不经心怒不可遏。

他翻出老师发过来的照片,看着上面那封寥寥几个字的退学信,狠狠地往余虓烈旁边摔了一个茶杯。

"余虓烈,你就这么浑蛋!"

有瓷片飞起来,划伤了余虓烈的脚踝,可他定定地站在那里,垂着眸子一声不吭,直到房间里传来余宝庆的问询:"乖孙,外面什么声音?"

余鉴平刚想开口应话,余虓烈却抬头抢先了一步应道:"爷,是我不小心摔碎了杯子,您安心睡吧!"

待余宝庆又睡着后,余鉴平看着他,虽然气不顺却压低了声音:"打架、逃课、退学,你现在样样齐全,什么都会了!"

"你有没有想过,你要是就这么浑蛋,你来了桑朵,以后让你爷爷帮你擦屁股吗!"

他话音刚落，余虓烈浑身一震，许是联想到了他说的场景，余虓烈握紧拳头，在月光下红了眼睛。

余鉴平仍说个不停："你到底是来照顾爷爷，还是来气爷爷的？"他因为动怒，停下之后气喘个不停。

余虓烈红着眼，缓缓撩起眼皮，一双眼睛泛着酷暑也退不去的寒光，他问："那我还能指望你们吗？你们已经扔下一个十岁的小孩，现在要扔下七十岁的老人了吗？"

只一句就让余鉴平愣在原地，痛彻心扉，又反驳不得。

许久，余鉴平抹了把脸，艰难地开口同他约定："你要留在这里陪爷爷，我会最后一次帮你这件事。不过，我也有要求。"

父子俩全都红着眼，无声对视，谁也不服软，谁也不低头。

"你若在这儿还像以前那样，立马接你走。你不是怪我们把十岁的你扔在市里吗？这一次我们把你带在身边，直接接你离开。"

"所以你才伪装自己？"许冰葵原本就眼热，听余虓烈讲完之后，睫毛颤颤悠悠，泪水便止不住地滑了下来，看着余虓烈的表情都是怜惜。

余虓烈看见她的眼泪，像是被雷击中一般，久久不能动作，在听到她哭得打嗝后，才反应过来，又开始手足无措。

许冰葵抹抹眼尾,好不容易止住眼泪,可视线一触及余虓烈,泪又顺着脸蛋滚落下来,只好用手捂住眼睛。

她哭得小脸都皱在一起,可余虓烈看着她想要把泪水拦住的可爱动作后,轻轻笑了一声,内心突然平静了下来。

他俯下身,指腹缓慢擦过她的眼角两鬓,摩挲了两下,触到了一片温热。

他像是被烫了一样缩回手,随即笑着哄人:"你怎么不停地掉金豆子呢?待会儿他们都以为我欺负了你。那可不只是宋淼,连许叔都要找我决一死战了。"

许冰葵捂住眼睛的手指分开,在间隙中露出亮晶晶的眸子,打着哭嗝道:"你放心呃……我保护呃……你。"

余虓烈满心柔软,双手抱拳,朝她作了个揖,说着胡话:"那之后我就是女侠的人了!"

偏偏许冰葵没注意,连忙把他扶起来,又郑重地点了点头。

一阵冷风吹来,许冰葵的眼泪早就干了,脸上便有点干巴巴的,不适感让她开始想象自己方才是怎样一副丑模样,她又有点不好意思了——自记事以来,她都没有这样哭过。

而一旁的余虓烈被冻得打了个喷嚏,在她看过来时,搓了搓自己的手臂,说道:"有点冷哈?"

他话音刚落,许冰葵便跑走了,几分钟后抱着件军大衣推开了门,她利落地抻开大衣,捏着领子抖了抖,催促着余虓烈赶紧过来穿上。

余虓烈愣愣地穿上,许冰葵又费劲地踮着脚,帮他把扣子全都扣好,皱着眉嘀咕道:"你要多穿点,穿这么点怎么行呢?感冒了怎么办啊?"

她想起什么似的,手一顿,随后看着余虓烈认真提议道:"你还是穿上……之前的衣服吧,怎么可以要风度……不要温度呢?年纪大了会后悔的。"

虽然他们目前身处一片漆黑的寒冷冬夜,可此时余虓烈仿佛能看到许冰葵背后足以照亮世界的母性光辉。

期末考试前一晚,周身还笼罩着母性光辉的许冰葵给余虓烈发短信,实时播报了明天的气温,又叮嘱他好好穿衣,多喝热水。

余虓烈哭笑不得,只得听话地裹上棉袄,又在外面套上校服外套,出门时还戴上了一顶灰色毛线帽。

桑朵一中一向按照学生的年级排名来安排考场座位,这一次许冰葵仍然是在第一考场,而经过几次考试,这次余虓烈已经到了第三考场。

他坐在门边的首位,一双大长腿摊开,手上漫不经心地转着笔,心里盘算着这一次不要再故意写错答案了,下一场考试得和许冰葵前后座才好。

第三考场还是有挺多七班的同学,经过余虓烈身旁时都踟蹰着想打招呼,要是余虓烈恰好抬头和谁对视一眼,那对方肯定会朝他友好招手的,可他却一直低着头不看人,连眼皮都懒得抬一下。

几个同学只好悻悻地回到自己的座位,觉得余虓烈今天好像怪怪的,虽然平时他也都低着头,但今天却散发着一股名为"我有点拽"的大佬气场。

有两个同学正好前后座,趁着监考老师还没来,还看着余虓烈,凑在一起交头接耳。

小眼镜同学最近在研究心理学:"他今天好像没戴那副眼镜,说明那副眼镜封印了他真正的灵魂!"

另一位同学不甘示弱,盯着余虓烈笔直的长腿,又低头看了看自己的腿,随后愤恨地说道:"你看他那双无处安放的腿,好像……寓意着要在考场上绊我们一跤,而自己一骑绝尘。"

小眼镜同学失语,最后点头赞同:"好像有点道理,这应该是余虓烈的另一种人格,狂妄自大型。"

他又扫了一眼,补充道:"不过他衣品还挺好,你说会不会有这个可能,就是……"

两人越说越起劲,新的流言就这样诞生了。

朱星吉嘴上吸溜着奶茶,翻到他们七班小群的聊天记录给余虓烈和许冰葵看。

他复述着最新的传言,哈哈大笑:"你看,大家都说你找了你双胞胎哥哥来代考,还说你哥哥又酷又帅。"

余虓烈脸都绿了,朱星吉更是笑得肚子疼,趴在桌上直不起腰了。

此时他们已经结束了所有考试,三人正坐在校外的奶茶店里。

方才,听闻传言的朱星吉抱着怀疑就要求证的态度,一交卷便冲向了第三考场守株待兔。结果余虓烈也第一个从考场出来,朱星吉看着眼前气场十足的酷哥,在对方侧头冷冷看过来时,愣愣地鞠了一躬:"烈哥哥哥好!"

余虓烈瞬间用看傻子的目光看着他。

许冰葵收好书袋走来,也是一副冷酷的样子,她没看见朱星吉,到了余虓烈跟前才露出淡淡笑意,说道:"走吧,烈哥。"

朱星吉瞬间抬起头来,而余虓烈已经和许冰葵肩并肩,快步往楼梯口走。

朱星吉还能听见他的话,熟悉的声音,熟悉的嘲讽:"走,快走,待会儿傻子追上来了。"

是余虓烈没错!

朱星吉站在原地思索了三秒,随后像余虓烈预想的那样,跑着扑到了余虓烈的背上,骂了一连串的感叹词,随后说道:"你这也太帅了吧!"

余虓烈翻了个白眼,许冰葵则频频回头,捂着嘴不住地笑。

一出校门,他们二人还没来得及道别,朱星吉想到传言,便推着他俩走进了奶茶店,大笑道:"来,我给你们看个好玩的东西!"

趁朱星吉趴在桌上,余虓烈便抢过他的手机,往上翻聊天记录,忽略那些乱七八糟的信息和表情包,发现除了他其余五十三人都在群里,便问:"为什么我不在这个群里?"

朱星吉夸张地给了他一个鄙夷的眼神:"大哥,你用老年机好不好?"

余虓烈语塞。

随后他径直点点头,可拳头捏得"咔咔"作响:"但这并不能代表你们可以光明正大造我谣。"

许冰葵在一旁举起手来,无辜地说:"我在群里,但是我没……看到消息。"

余虓烈立马安抚她:"没有怪你。"

他嘴上跟小姑娘说着轻轻柔柔的话,可下一秒朱星吉就收到了他冰刀似的眼神。朱星吉委委屈屈地小声反驳:"可我也没有加入造谣团队啊。"

他嚼嚼嘴里的珍珠,嘴噘得老高,不情愿地喊道:"好了好了,今天的奶茶我请了,好吧?"

余虓烈这才收回拳头,笑眯眯地又点了份草莓蛋糕,朱星吉、许冰葵二人才知道他刚刚的愤怒都是装的!

朱星吉看着小蛋糕从他眼前被送到许冰葵那里,咽了咽口水,咬牙切齿:"我真是……吃瓜不成蚀把米。"

可许冰葵像个天使一样,越过余虓烈,探头问他:"你吃吗?"

朱星吉立马摆手,笑了:"你吃吧吃吧!"

可没过几天,这个群就出事了。

期末考成绩已经出来了,晚上八点马志远在班级大群里公布了成绩单,这张成绩单就像个炸弹,轰得大家都躁动起来。

朱星吉一放假就跟着家人去了海岛过冬,现在还躺在沙滩的吊椅上看星星,随后被他爸一脚踹在了屁股上。

朱星吉怒视爸爸,他爸爸也背着手怒视他:"你看看你们老师发的成绩单,你看看你考第几名!"

他从沙滩上爬起来,心虚了,连忙拿起手机查成绩。

刚打开表格,"余虓烈"三个字就蹦了出来,朱星吉看了又看,随后开心地大喊道:"烈哥竟然考第一了!而且年级第一!"

他拿着手机放大了表格,划过去发现这人竟然考了701分,而许冰葵就排在他后面,总分697,年级里也进了前五。

他嘴里连连惊叹:"这还是人吗!"

他爸爸又把他踹回刚刚那个坑里,气笑了,骂道:"你不找找自己排倒数第几,在这儿欢呼别人荣获年级第一?"

朱星吉啃了一嘴细沙,"呸呸"地向外吐,小声反驳:"那不是这次考试难度更上一层楼嘛!很多人都考差了。"

他爸爸抓起一把沙子就想丢他脸上,被他敏捷地逃脱了。

可问题就出在"很多人都考差了"上。

没过一会儿,没有老师在的那个群就有人冒泡了。他顶着匿名头像和昵称,甩出了余虓烈的成绩,酸溜溜的柠檬味道溢出了屏幕。

猥琐发育孙尚香:"不是说余虓烈是找他哥代考吗,这不就是作弊嘛,那这成绩也要作废吧?"

句尾还带上了个狗头。

另一人也开始匿名附和他:"不是听说他语文还全靠体育委员给他补习吗?怎么这次体育委员语文110分,他能考121分呢?"

朱星吉看到时,群消息已经"99+"了,平常从不在群里说话的许冰葵也冒泡了,只是弱弱的反驳很快被新的质疑刷了过去。

许冰葵:"余同学没有请谁代考,没有作弊。"

猥琐发育孙尚香:"体育委员你就是人太好了,别被他骗了。"

许冰葵:"没有的,考试的就是他本人,我们考完都是一起走的。

猥琐发育孙尚香:"那他为什么突然大变身?他不是一向又土又书呆子吗?"

许冰葵久久没有回复,两分钟后才发出一段长长的话,占了满屏,也震惊了所有屏幕前的吃瓜群众。

"不知道你是哪位同学,可能还是平常相熟的朋友,可是隔着网络,一匿名,就开始满嘴胡说,无所不用其极地诋毁同窗。只是有些事情关乎别人的隐私不能说出来而已,但你像是抓住多大的把柄一样,非要往他身上泼脏水。"

"我这一次考得比他差,我相信他的成绩足够真实,等你脱掉身上的匿名马甲,站上这个位置,再来质疑别人吧。"

朱星吉刚爬楼看完聊天记录,切屏就看见许冰葵的话,心头的火顿时添了把柴。

群里已经没人说话了,他便手指飞快地在键盘上舞动,骂道:"你本人也真是足够猥琐的。你今天到底吃了多少大蒜和柠檬啊,说话又臭又酸的。"

兆荔子也看到消息了，看着许冰葵的话心疼死了，连忙道："班长还不快出来关闭匿名功能@努力读书小眼镜，小猥琐有本事真身上阵跟姐唠一唠啊！"

兆荔子气急败坏，又补了一句："到底谁先搁这儿造谣生事的？"

始作俑者小眼镜收到@才看到这场血雨腥风，连忙关闭了群匿名功能，看到兆荔子最后那句话心虚地咽了咽口水。

"是……是我。"

"对不起！我当时只是看见余虓烈同学换了装扮，就和班上同学说余虓烈同学是另一个人格来代考，但是事实证明这样的玩笑并不好笑，而且引起了大家的误会。我会向余同学道歉，也会向班主任承认错误，希望大家能原谅我的过失，也别伤了班级的和谐。"

看到他发的这些话，群里为了这个乌龙寂静了三秒。

兆荔子："人格分裂……"

朱星吉："你也挺能扯的。另外，祝你平安。"

朱星吉想了想余虓烈的拳头，缩了缩脖子，在心口为小眼镜同学划了个十字，可看到许冰葵没再出现，便连忙给余虓烈拨了个电话。

余虓烈接到电话，此刻他正在陪爷爷看小年夜晚会，懒懒地应了一声。

朱星吉决定先告诉他好消息，以免他的怒火烧到自己身上："烈哥,你考了年级第一哎!"

余虓烈:"哦。"

"你不激动吗?"朱星吉问道。

"常事。"

饶是早知道他装相威力的朱星吉也被他噎了一下,随后心虚地笑了两下,让他克制好自己情绪后才把小群里的事情一五一十地转述了。

"那个吧……"电话那头余虓烈一直没再讲话,朱星吉便吞了吞口水道,"我看许同学其实挺生气的,平常在学校一声不吭,温温柔柔,突然一个人扛住了那些人的屁话……

"唉,我就是想让你打个电话给她……嗯,就逗逗她。

"你不是最擅长哄她开心嘛。"

他话音刚落,便听见余虓烈沉沉地"嗯"了一声,随后电话便被掐断了。

朱星吉收回手机,故作老成地摇摇头,想到这个乌龙,叹道:"这都叫什么事啊!"

他起身准备去浴室洗澡,桌上手机又响了一下。

是余虓烈发来一个微信号,补充道:"把我拉进那个小群。"

朱星吉背脊一凉,心里已经开始为孙尚香祈祷,却兴奋地动手

添加他的好友,一边吐槽他的网名,一边手快地将人拉进了群。

刚刚没吃上新鲜瓜的同学还在爬楼补课,随后屏幕上便弹出一条消息。

你父多:"体育委员说得对,等你到了这个高度,再来随便质疑我,但我想,谁都不会给臭虫这个机会。"

朱星吉长长地"哒"了一声,觉得自己好像也能听见其他同学倒吸一口冷气的声音。

时间过得很快,一晃眼就到了小年夜。在桑朵,小年夜同样要放鞭炮,要吃年饭。

小葵花道馆从今天起也不营业了。已经到了年尾最忙碌的时候,许菏年索性提前放了假,初七才重新开张。

他早上来打扫,中午就关了门,带着春田和小葵花去了邻镇走亲戚,要到年三十才回来。

余虤烈进群发了那条消息之后,就穿上大衣出了门,心里的小人叫嚣着要看看许冰葵,可等他走到道馆,看着紧闭的卷帘门,才突然想起这么一回事来。

他站在路灯下,一面是黑暗巷口,另一面是亮如白昼的热闹商业街,陆续有路人从他身边走过,投来探寻的目光。

他就倚着路灯柱，感觉世界寂静，脑海里不断响起许冰葵前不久才跟他说的话。

小女孩捂着眼睛，接了满手湿润，结结巴巴地跟他说："以后，我保护你。"

然后她就做到了。

冬夜寒风刺骨，可他只觉得心上滚烫。

他口袋里的手机铃声响了起来。

余虓烈以为又是朱星吉，拿起来一看，"小葵花"三个字却不断闪烁。

他连忙接了起来，这下，世界都因为电话那头传来的女孩声音和吵闹的背景声终于生动起来。

许冰葵好像在活动现场，他还能听到歌手在台上唱歌的声音，而许冰葵避开喧嚣的人群，嘴巴好像紧贴着话筒，软糯地开口问道："你还好吗？"

余虓烈张了张嘴，说的话让许冰葵直接手抖着掐了电话。

"不太好。想见你。"

## 第六章
她小小的,我想把她装进口袋里,
她又乖到,我想把所有美丽都双手奉上

大年三十那天是许冰葵的生日。

清早,余虓烈推开房门时,外面早就萧条的葡萄架上积了一层薄薄的白色积雪,他伸出手,接到了几片雪花。

他笑着出了门,在巷口买完早餐,发梢和肩膀上也染白了。他抖抖身上的雪,带着驱散不了的寒气走进主屋,他爷爷正边烤着火边看着早间新闻。

最近天气愈来愈冷,余宝庆这段时日嗜睡得很,睡得早起得早,坐着的时候也是抱着火箱,身上的骨头都酥了,加之外面路又滑,余虓烈便很少让他出门了。

余宝庆一边接过他递来的早餐,一边问:"菜呢?"

今天再怎样也是个重要的日子,一家人要吃团圆饭,余鉴平夫妇昨天打了电话说要过来,这个点儿他们已经出发往这边赶了,大概下午三点能到。

可余虓烈装傻充愣,咬了一口酥香的糖饼,接了满手的脆皮,眼皮一撩,问道:"什么菜?"

在余宝庆的注视下,他才慢悠悠道:"哦,我买了猪肉和大白菜,正好中午咱爷孙俩包饺子吃。"

"那晚上呢?"余宝庆轻轻叹一口气。

"我在聚宾楼订了一桌,又好吃又有档次,正好配得上我老子的身份。"他语气嚣张。

但在收到余宝庆的白眼时,他的气焰便被扑灭了,这才嘟囔道:"我可没时间做好一大桌年夜饭等着二位领导驾临,要不留盆饺子给他俩?"

想到年底大扫除全靠余虓烈喊来的钟点工,贴年画、贴春联、应付上门送礼的那些人也全靠他一个半大小子,余宝庆闭嘴不说了,咬了一口饼,满嘴的甜。

余虓烈说忙,那是真的忙。等中午两人吃了饺子,他收拾完桌子就跑没影了,半个小时后拎着两个看着死沉的大麻袋进了院里。

余宝庆追在后面看,看见孙子勾唇一笑,神神秘秘地把东西藏了起来,便取笑道:"哦哟,乖孙有秘密咯,不肯告诉我了。"

余宝庆踢踢他的脚,没忍住心里升腾的八卦欲望,追问道:"送

给小姑娘的？啥样的小姑娘啊？"

余虓烈想了半天，开口便吐了一大堆赞美之词："可爱漂亮得很，特别善良特别好，乖乖的小小的。"

余宝庆也不嫌烦地点点头，咧开的嘴角都要跑到后脑勺去了。

看他还想说出更多赞美的话，余宝庆轻轻咳了一声，打断了他，轻轻吐出两个字来："加油。"

爷孙俩便头靠着头，乐得不行。

余鉴平比预计的时间晚些才到，高速堵车，他们将近五点才出了服务站，趁着红灯时，打电话给余宝庆报备，接电话的却是余虓烈。

"哦，直接来聚宾楼吧。"说完，余虓烈便撂了电话。

余鉴平气得丢了手机，向妻子告状："你说说他，连声爸妈都不愿意喊！我开了十五个小时车连夜赶回来，结果就被安排去饭店吃年夜饭？"

他要是知道儿子只留了盆饺子给他，估计会直接调头回市里那个家了。

一旁的何悦也不劝他，补着妆淡淡睨他一眼，冷笑道："我们一年也就回来吃这一顿饭，儿子能给我们在席上留座就算孝道了。"

余鉴平听完一愣，嘴巴开开合合，最后还是没说出什么来。

可何悦有话说了，她的食指停在余鉴平眼前，鲜红的指甲点着他的鼻头，威胁道："我警告你，要是今晚惹我儿子生气，我也留在桑朵陪老爷子了！"

绿灯一亮，余鉴平恨恨地一踩油门，烦躁道："真是怕了你们娘俩了！"

何悦趾高气扬地哼哼着，继续补妆。镜子中的女人眼神凌厉，轻笑时也能看出压人的气势，因为保养得当，年近四十却找不到岁月的痕迹。

她是余鉴平的军师，夫妇俩在外拼搏数十年，经历了风风雨雨，可想到马上要见余虓烈，她也有点紧张。

何悦喝了口水缓缓。

她太久没见儿子了，总是害怕在她看不到的地方，她的余虓烈突然长大成人，也不再需要她这个不尽职的妈妈。

余鉴平立刻察觉到她的情绪，握住了妻子的手，听到她在耳边说："我们真是没用……

"我经常想，我们合伙瞒着他，把这么重的担子交给他，到最后他会多恨我们。

"我们就是没用！"

何悦一手捂着脸，眼尾的眼线被泪洇开，而余鉴平看着她，内疚得说不出话。

可等二人在聚宾楼前停下车，看到一老一少站在门口等时，他们方才爆发的情绪已经完全收回了。

何悦踩着十厘米的高跟鞋，远远地冲余宝庆喊了声"爸"，就扑上来抱住了余虓烈，大喊道："好小子，可想死你妈了！"

余虓烈把人搂在怀里，亲了口她的头顶，笑着回应道："我也想你。"

何悦拉着他的手，端详他的脸，又让他原地转两个圈。余虓烈嫌蠢一脸无奈却乖乖照做，余宝庆笑呵呵地站在一边。

这么其乐融融的画面和氛围，等余鉴平停好车走过来时，就戛然而止了。余虓烈方才嘴角勾起的弧度都落下了，只淡淡看他一眼，牵着另外两位家长便准备进饭店。

余鉴平顿时红了脸，气急败坏道："臭小子，老子都到你面前了还不会喊人吗？"

余虓烈还没回应，另外两道夺命的视线锁定在他身上。

余宝庆气定神闲地看余鉴平一眼："谁是老子？"

何悦则是面若冰霜地盯住他："你再冲我儿子吼一下试试？"

而余虓烈气死爹不偿命，低头轻轻嗤笑一声，带着两人走向包间，几人再也不管留在大厅怒火攻心又垂头丧气的人。

因为难得相聚，这一顿年夜饭能明显感受得到几人的开心，加之何悦和余宝庆一直在席上活跃气氛，倒是有说有笑地进行了下去，而余虓烈和余鉴平单独相处时，整个人就变得懒散和气人，比如现在——

十点差一刻，何悦提出再打包点小吃，一家人回家守岁，便下楼去取餐了。

余宝庆去了洗手间，只剩他们父子相对，余鉴平问了儿子几句学习的事，看他一直低着头按着老年机，便不再开口了。

而余虓烈突然起身走到窗边，才发现不知何时开始下起了鹅毛大雪，楼下停着的几辆车上都铺了一层白色衣裳。

他手机响了一声，收到了许冰葵的回信。

小葵花："我和爸爸在客厅烤火看春晚呢，奶奶已经睡下了。烈哥，你们还没回家吗？"

余虓烈迅速打字简单地回复，站起来，甩着车钥匙走到余鉴平身边，喊了他第一声爸。

"爸，车锁开一下，我取个东西。"

余鉴平听着这声心中窃喜，觉得自己犟赢了，但看他穿戴整齐要先走的样子，偏要嘴贱一句："你要先走？出去找朋友鬼混？大过年的，不能在家里陪陪家长吗，哪个朋友这么好让你冒着雪也要在今夜出门？"

余鉴平越说,余虓烈的眉头皱得越紧,高大的身子杵在那儿。余鉴平仰头看过来时,正好迎上他一个标准的白眼。

余鉴平正要发火,余虓烈自顾自掏出手机来,在小键盘上按了几下,随后把手机举至他面前。

余鉴平便看到了他刚发出的两条短信,第一次触到了儿子从未在他面前展露的柔软。

"下雪了。"

"想看烟花吗?"

余鉴平立刻便想到了昨天何悦塞进后备厢的两盒烟花,想来就是余虓烈让买的。他拿起大衣穿上,摸摸自己的鼻子,立马改口:"去哪儿啊,我送你。"

余虓烈似笑非笑地盯着余鉴平,最后被爸爸推了出去,笑着骂道:"约了人还不动作快点,跟我们在饭店扯这么久!"

最后,全家都知道了余虓烈今晚的行动,站在酒店门口围观他,只见他把一开始寄存在饭店前台的两个大袋子扛了出来绑在单车的后座上,又把两盒烟花收进背包以免被雪水打湿。

何悦取笑他:"哟呵,小子准备得还挺全!"

余虓烈长腿一跨,稳稳坐在了单车上,随后单脚点地,向站在一旁笑着的余宝庆偷偷眨了眨眼睛,便披着风雪往许冰葵家去了。

而还不知情的许冰葵此刻正抱着火炉，倚在许菏年身旁看电视，收到信息后便问："咦？今天广场上会……放烟花吗？"

许菏年摇摇头，道："不知道，也没得到通知。"

他摸摸许冰葵烤得暖和的小脸蛋，笑着问："想看烟花了？家里还剩一些仙女棒，去楼顶上玩会儿？"

见许冰葵眼睛一亮，许菏年便掀开盖在两人身上的毯子，递给她围巾帽子后便猫着身子往外间走。怕吵醒春田，许冰葵也有样学样，追在他身后咯咯笑个不停。

她家是栋小平房，楼下是客厅和春田的工作间、卧室，楼上便是父女俩的卧室。东侧有间平顶厨房，春田在顶上种了好多花草，夏夜里父女俩便总是偷偷跑到楼顶，吃西瓜、数星星。

许菏年去拿仙女棒，许冰葵便率先跑了上去，一开门，冻得小脸通红，可看着自己在雪中踩出的脚印，兴奋地捧了一手的雪。

许菏年还没来呢，她倒是先看到了马路尽头骑着单车匆匆而来的人。

许冰葵一时愣住，忘了将手中的雪扔出去。眼看着那人愈来愈近，她耳边都能听到对方摇了几声脆亮的车铃，铃铛声又一声一声地被无限放大回荡在她脑海里。

那人已经在她家院外停下，只要稍一侧头便能看到她。而许冰

葵看见他手中亮起了微弱的光,很快她口袋里的手机便响了起来。

她这才赶忙把雪给抛了,冻得通红的手点开那条未读消息。

一门之隔的余虓烈哄骗她:"外面的雪下得大,你快打开窗户看看。"

要是许冰葵这会儿在自己房间里,打开窗户往外探头,便能看见楼下的人了。

许菏年这时也来了,许冰葵便连忙凑了上去,捏住了父亲的衣角,指向楼下的那人,神色惊喜又带着丝慌乱,需要别人给她拿个主意。

许菏年便把翻找了好久的仙女棒收回了口袋里,温温柔柔地捏了下她冻红的鼻头,给她做决定:"仙女棒我们明天再玩。"

许冰葵这才像只小鸟似的,扑腾着双臂往楼下跑。许菏年站在原地看她,心情一如十几年前看她第一次学步一样,又害怕她跌倒在地,又想她快步向前走。

门外的余虓烈没等到回复,也没等到那扇窗户打开,正皱着眉想再发条信息,院门突然被拉开,探出了一个小脑袋,眼睛骨碌碌转着,无比兴奋地盯着他。

余虓烈便赶忙上前,将许冰葵从里拉了出来。

不知为何,此时两人在冬夜里面面相觑,雪簌簌地落下,余虓烈平常能言巧辩,却像突然失语一般,不知道要讲些什么,只得卸下后座的袋子，拉着小姑娘坐上自行车的后座，让她把袋子抱在怀里。

载着两个人的车在雪中摇摇晃晃，两颗少年心也七上八下，余虓烈稳住它，低低笑了出来。

"走，烈哥带你去看烟花。"

许冰葵在后座攥紧了他腰间的衣服，抱着又大又重的袋子害怕自己会掉下去，可一听见他的话便安定下来，将小脸藏起来，小声地回答："好。"


余虓烈带着许冰葵来到老街的中心广场。

这么冷的天，又是要守岁的除夕夜，广场上的行人寥寥无几，更别说放烟花了，幸好一旁的路灯依旧亮着，而雪已经快停了，只偶尔有雪花飘落。

余虓烈用袖子拂开座椅上的雪，然后接过许冰葵怀中的袋子放了上去，回身看见女孩正在搓手，这才注意到她没有戴手套，赶紧牵过她，把自己热烘烘的手套套住她的小手。

手套有点大，许冰葵握了握小拳头，脸蛋不知是被冻的还是为何，一直红通通的，又亦步亦趋地跟在余虓烈身后，傻乎乎地问他："待会儿会有人……来放烟花吗？"

余虓烈已经把烟花从包里拿了出来，找了块干地后，回身笑着

答话:"我们来放。"

许冰葵一瞬便惊喜地瞪大了眼睛,看着余虓烈点着了一根细长的火柴,在风中跳跃着的火苗便出现在了两个人清亮的眸子里,连同他们看向对方眼中会出现的光一并照亮了这个夜晚。

余虓烈一只大手护住火苗,凑近了许冰葵的脸,轻轻开口:"今天许愿了吗?"

许冰葵也伸出手来护住火苗,害怕一阵风吹过来,它就此熄灭。

其实她已经在家吃过蛋糕了,当然也许过愿,只是每年的愿望都相同,今年……忘记余虓烈了。

她心痒痒的,在余虓烈的注视下轻微地摇了摇头。

"那你快许。"余虓烈下巴点点手中将要燃尽的火柴,示意她"蜡烛"就快熄灭了。

许冰葵赶紧双手合十抱拳,无比虔诚地闭上了眼睛,在心底贪心地又许了一个愿望,一个全新的愿望。

"快快,'蜡烛'要灭了!"余虓烈还在一旁闹她,嬉皮笑脸地开始倒计时。

"三——二——"

还没数到一呢,许冰葵便慌忙地睁开了眼睛,低着头吹灭了火柴,正好一片雪花落在她的睫毛上,她抬头眨眨眼,视线便撞进了余虓烈深邃的眸子里。

余虓烈偷看被抓包,也不躲闪,仍然眼含笑意,温柔专注地看着她,一动也不动。

而许冰葵想到方才自己闭着眼睛许愿时,在自己看不见的地方,余虓烈就用这样的目光看着自己,她便头脑发热、双颊滚烫。

她连忙跑开,催促着身后的人,她的声音和逃跑的步伐一样磕磕绊绊:"你快……快点烟花吧!"

余虓烈走上前来,却把刚点燃的火柴放在了她手里,示意她去点火。

许冰葵有点害怕,还没点火双手便捂住耳朵,在快烧着自己头发的时候,余虓烈抓住了她的手,像是教小朋友写字一样,点燃了那根引线。

两个人一起点着了今年夜空中盛绽的烟花。

余虓烈拉着许冰葵跑开,跑到了一旁的秋千下,便看见面前的女孩一脸欢喜地注视着漆黑的夜空。

"咻——"

长长的一声,一个火球直飞上天,许冰葵兴奋地跳起来了,余虓烈悄悄张开手,在身后提防她滑倒。

"砰——"

"生日快乐。"余虓烈在这一刻俯身在她左耳边说。

虽然世界吵闹,但他的声音响在离她心脏最近的地方。

第一枚烟花在他们的头顶炸开,也炸开在许冰葵的心里,将她的天空照得明亮,漫天的火星掉落下来,流光溢彩。

她想到方才自己许的愿,在此时更加坚定地想要实现。

余虓烈正好侧头,便又看到她双手合十,指尖抵着眉心,对着天空喃喃自语。

他把脑袋凑过去,便听到小姑娘一遍遍虔诚地祈求着。

"嗯!明年和以后的很多年,都请拜托让我……和他一起看烟花。"

放完两盒烟花,两人便在秋千上坐了下来。

许冰葵脸上尤带着兴奋的红晕,坐在高高的秋千上晃荡着两条腿,目光一刻也不离余虓烈,比任何时候都大胆多了。

她以为这就是这个生日最惊喜的部分了,可当余虓烈将那两袋书放在她眼前时,她都忘记收回下巴和瞬间涌上眼眶的潮热。

许冰葵跳下秋千,脱下厚厚的手套,看着眼前袋子里装得满满的书,颤抖着小手摸了上去——《天龙八部》《射雕英雄传》《神雕侠侣》等。

她熟读完但是不能拥有的书都装在这个袋子里，应有尽有。

"都是我的了？"许冰葵声音里带着浓重的哭腔和不可置信，呆呆地抬头看着余虓烈。

余虓烈隔着毛线帽揉揉她的脑袋，笑着点头："对，都是你的。你看看还有没有什么漏网之鱼，我都去给你找来！"

许冰葵一本本翻开，甚至发现其中两三本用封皮包着的旧书内页有金庸的签名，也不知道余虓烈耗费了多少精力和时间，找到了这样宝贵的收藏品。

她手中拿着一本《天龙八部》，在封面上摸了又摸，最后深吸口气跟余虓烈说："我以前也有这些书，但是被奶奶……烧掉了。"

她这句话里包含着成长道路上的许多委屈，可时过境迁，她如今也能笑着跟他讲述。

而余虓烈看着她的笑脸，心中刺痛，被她哭过后更加软糯的声音带进了她的童年里。


许冰葵不说的话，余虓烈都看不出她是混血儿。

她妈妈是日本人，可母女俩从未相见过，也可能仅有一面。

她妈妈是在产房离世的……

当年许菏年从学校毕业后，在县里教书，闲暇时间又在家中办

了补习班，给孩子们补习全科，可某一天推开他家门的，不是小孩或者家长，而是从东海外漂泊而来的女孩。

女孩身上还穿着和服，娇怯怯的，只会对他说谢谢。两人大眼瞪小眼对坐半天，许菏年才明白对方要他教中文、教识字。

一个文质彬彬的儒雅书生，一个娇柔可人的女孩，很快便在相处中情意互通。

在交往一年后，许菏年觉得是时候将人带回家了。

他看着对他处处体贴照顾的爱人，想着同为大家闺秀的春田，也会像她相依为命的儿子一样喜欢女孩的。

可就在那个晚上，春田见了携手而来的两人，第一次不顾及自己的仪表，大发雷霆。

她担心许菏年会跟着女孩远走，再也不会回到她的身边，便极力想将两人拆散。

许冰葵抱着沉甸甸的书袋，回想着许菏年当年跟她讲述的情景，叹了口气说："爸爸说……那是他第一次反抗奶奶。

"他带着妈妈走了，再回来时只带回了两岁的我。"

许冰葵讲得动情，余虓烈注意到，她现在阐述故事时，已经越发自然流利，不像平常讲话那般需要断句好几次。

许冰葵抠抠手,简简单单几句话交代了自己的童年,大概想到了当时的某个场景,她的声音中不自觉地带着恐慌和不安。

"我是上了一年级,才被他们发现……口吃的。"

余虓烈闻言抬头,对上许冰葵仰头看他的目光。

面前的女孩像只剖开伤疤的小兽,只用一双湿漉漉的眼睛看着他,像是向他求助。

余虓烈立刻便伸手摸上她的头顶,轻轻揉着安抚着她,不明白她为何恐慌。

许菏年当年带许冰葵回家后,春田什么都没说,重新接纳了他们。

看着许冰葵有人照顾后,许菏年便带着爱人的骨灰去了日本,一走就是五年。

那个时候许冰葵刚上小学,她在做自我介绍时因为说话磕磕绊绊被全班人嘲笑,放学后不知道老师对来接她放学的春田讲了些什么,她刚入学,春田便给她请了一周假……

她被春田关在家中,按坐在书桌前,一字一句地读书背诵,如果稍有磕绊,春田便拿起裁衣的板尺打她的手心。

她就这样被训了三天,虽然每天挨打,手心的红肿一直不退,说话却更磕绊了。

许冰葵还记得那时自己哭得凶狠,极怕板尺又抽过来,只能用

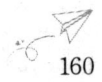

手捂住嘴巴和眼睛，可泪水让伤口更痛。春田便是在那刻丢下了板尺。

春田看上去也无比疲惫，干燥粗糙的手擦过她的小脸，随后无力地开口："少说话吧。"

"少说话吧……"余虓烈默念着这四个字，像是看见了幼小的小葵花哭得天崩地裂的样子，心疼得无以复加，只恨不能回到过去从惨烈的第一天开始时，就将人护在怀里。

他终于知道许冰葵是如何成长的，明明被宠得像个小公主，就该有小公主的蛮横性格，可她却敏感怯懦，习惯用冷漠包裹自己一颗滚烫美好的心。

余虓烈紧攥着拳头，脸色也阴郁不明。

许冰葵感受到了他的低气压，拽了拽他的袖子仰头与他对视，明明自己还沉浸在对往事的恐惧中，却立即安抚着他。

"我没事了。"

余虓烈张开手想抱抱她，最后却只是用大手继续揉她的脑袋，示意她继续讲下去。

"其实我不怪奶奶的，她为爸爸和我付出了太多，她只是太强势了……只是想要我们留在她身边。她害怕我像爸爸一样，突然就不听她的话了。"

春田每天都在许冰葵的床边放置精致的衣衫，早起为她做饭，小时候给她梳整整齐齐的漂亮发型，再长大点就教她梳。

只是……春田唯恐父女俩一样，前十几年都对她百依百顺，有朝一日却突然反叛离开。

因此春田对许冰葵的管控更加严格。

许菏年回来后执意要在镇上创办武馆，春田也不许她跟着父亲过去，而她带回去的第一本武侠小说被春田扔进火炉之后，她便再也没有拥有过了。

她话音落下，余虓烈便一言不发地把两个书袋都搂入自己怀中，随后用力地绞紧袋子，准备把它们重新放回自己的车后座。

可他刚一动身，许冰葵便急切地扑过抱住袋子。

许冰葵一只手抱住他的手臂，另一只手紧紧地抱住袋子，惊慌地问道："这些又不是我的了吗？你要收回吗？"

余虓烈这才反应过来，赶忙解释："怎么会，我不会抢走你的。"

他轻笑一声，像哄小孩一样温柔地哄道："先把它们放在我那里好不好？我会把书放在我的课桌里，你想看的话随时去拿，我的课桌就是你的书架。"

许冰葵这才明白过来他是怕她将书带回去后被春田责怪，松了口气的同时，想到自己方才那类似护食的行为就一阵脸红，但两只

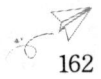

手却不放开。

她嗫嚅着,像是小声撒娇道:"那再……让我抱一会儿它。"

余虓烈看了看自己那只被抱着的手臂,又变成了不正经的样子逗她:"你口中的它指的是书,还是指……我?"

许冰葵一愣,视线也随着他的目光缓缓下移。当触及自己怀中的他的手臂时,她脑袋便"轰"的一声炸开,连忙松开了手,夺过他手中的书袋便逃走了。

她重新坐回秋千上,将脑袋埋进了袋子里,脸红得不敢见人。

余虓烈只觉得无比可爱。

他也坐回秋千上,一手抓住了吊着许冰葵的秋千的那根铁链,长腿一支,两个秋千就微微地前后摆动。

秋千突然动了起来,许冰葵也随着身形一晃,受惊似的手在空中挥舞了几下,随后抓住他的手臂稳住身体,意识到他捉弄自己后,又气恼地瞪他一眼。

而余虓烈……仍然觉得她无比可爱。

见许冰葵还是垂着脑袋不看自己,余虓烈便以两人都能听见的音量自言自语道:"小葵花的语文这么好,都用不着背书了,不然我也可以让她走走后门,享受一下优待。"

果然,他话音还未落下,许冰葵便投来了疑惑的目光,问道:"什么优待?"

余虓烈便笑道:"要是你在语文早读课上看武侠小说的话,我也不会揭发你的。"

他伸手拍了拍她紧抱着的书袋。

"你可以肆意阅读这些书,只是当你看完一个章节,就要来课代表面前复述那个故事情节。"

许冰葵十分熟悉他这个说法,她能隐隐感觉得出对方是在引导她开口,而她也感觉困扰自己这么多年的口吃正在慢慢改善。

可她此时却小声地哼了一下,开始肆意妄为:"我才不呢……你就是偷懒不看书,要我讲给你听。"

余虓烈一乐,一时不清楚她这是在撒娇,还是在撒娇,只得凶巴巴地道:"哟呵,小葵花现在还会跟我顶嘴了?"

许冰葵在黑暗中抿抿嘴,偷笑着不说话。可下一秒余虓烈说的话又让她笑不出来,并且后悔自己方才的"顶嘴"行为。

余虓烈在心里夸她真乖,嘴上却状似恼怒地耍着无赖。

"我不开心了,我给你的特权你竟然不珍惜,你得赔我。

"也不用赔很多,就赔我一声……哥哥。

"小葵花,来叫声哥哥。"

余虓烈哄骗人的低沉声音响在她耳边,她却侧过头一眼都不敢看他,仿佛身后是个什么蛊惑人心的魔鬼,多看一眼便被他摄魂夺魄。

可许冰葵把他的本领想简单了……

下一秒,当余虓烈伸手钩住她怀中的书袋的背带晃了晃时,她看着他撒娇摇晃的手,艰难地吞了吞口水,便张开了小口。

比平常更加软糯的声音响了起来,微不可闻,却在黑夜里被对方迅速捕捉。

"哥……哥哥,新年快乐。"

余虓烈只用勾勾手,她便转过头去,心甘情愿地陷进他深邃如海的眼睛里。

## 第七章
凭此符，可随时兑换一个冷酷校草，有效期：一亿年

新的一年便这般热热闹闹地到了，余旎烈初一一早便收到了兆荔子的拜年短信，甚至还收到了因上次事件道歉而建立起联系的小眼镜同学的消息。

在某个海岛度假的朱星吉乐不思蜀，晚上才来拜年，最主要的目的还是"借几份作业参考参考"，然而转头便被余旎烈坑了个红包。

余旎烈收下微信红包后，立马便给许冰葵转了过去。

"新的一年新的一岁，祝小葵花150cm再添新高！"

许冰葵收到红包后，先是道谢，想起他两次都恶意将自己的身高抹零，委委屈屈地按着键盘。

"我去年就153cm，四舍五入就是155cm了。"

余旎烈乐得在饭桌上笑出了声，赶紧安抚人："那今年还能再长高高，多吃点饭饭。"

他用了两个叠词表达自己的真诚,许冰葵却在那头气鼓鼓地不理他了。

今年,余鉴平和何悦倒是在家多待了好些天,这几天一家四口都是谢绝访客,关着院门在屋里打麻将,直到初七他们才驱车离开。

何悦离开时莫名有些伤感,摇下车窗频频回头看他们爷孙俩,而余虓烈的笑意却有点藏不住——明天就要开学了,终于可以看到小葵花了。

亲爸亲妈的离开,在这一刻却称得上……合乎时宜了。

第二天开学,余虓烈早早骑车到了许冰葵家的巷口等着,没过一会儿,许冰葵便走出来了。她头戴白色贝雷帽,穿着一身月白的冬季旗袍,领口处一层白绒绒的毛,下摆绣着几枝含苞欲放的桃花,绣工精湛。

她抬眼看到余虓烈,欢喜地要跑过来,又怕帽子掉下来,便抬起一只手按在自己的头顶,毛茸茸的一个小雪团子就冲到了他的跟前,因为跑动,她的双颊也染上了粉色。

"哥哥,新年好。"

桑朵镇还保留着习俗,上元节前都是年。

许冰葵仰头无比自然地喊他,乖巧得仿似还没从那个夜里醒过神来。

看到她，余虓烈也兴奋不已，非得伸手去揪揪她帽子上的小球。

余虓烈拍拍自行车的后座，等许冰葵坐稳了便大声笑道："来，哥哥载你去上学咯！"

他一脚猛力蹬出去。

这是个下坡路段，清晨的街上除了背着书包的学生没有几个人走动，他们便顺着坡飞出好远，速度极快。

这时，余虓烈便感受到身后一双小手悄悄地攀了过来，紧紧地拽住了他腰下露出来的毛衣。

隔着好几层厚重的冬衫，可余虓烈还是觉得她所触之处，皆是滚烫，烫得他减缓速度，想要留住这份温度。

可他速度一降，许冰葵便把手放下了……

余虓烈恨恨地咬牙，刚准备再来个冲刺让她抓紧，他们身后便传来一声呼唤。

"小葵花！葵葵！"

余虓烈和许冰葵一同回头，兆荔子站在岔路口的包子铺前朝他们挥手，许冰葵这下又抓住了他的衣服，晃了晃，示意他停下来。

余虓烈眸光闪烁，沉着脸，到底还是一条长腿抵住地，将车停稳了让许冰葵下来。

而那头的兆荔子已经甩着包子跑了过来，像只企鹅一样东摇西摆地跑上前,一把将许冰葵搂在了自己的怀里,低头蹭在许冰葵脖颈后,像吸猫一样长长地吸了几口气。

余虓烈一直看着,脸色更是冷了几分。

"小葵花,新年好!想死我啦!"

许冰葵头埋在她的怀里,闷着声回应她,可双手在她身后不住地扑腾着想要挣脱,像只脑袋陷进地洞里的小兔子,手正上下挥舞着使不上力,便有只大手握住了她。

兆荔子还没表达完自己热烈的想念之情,便有人强行将小葵花给"拔"了出去。她立马睁开眼睛,第一眼便看到三步之外一个表情冷漠甚至带着三分敌意的酷哥盯着她,在她眼皮子底下将小葵花给藏进了身后。

许冰葵抓住余虓烈的手臂,露出一张粉红的脸跟她打招呼。

"新年好啊,荔子。"

可兆荔子被眼前的酷哥夺走了所有的目光,方才还抱在怀中爱不释手的人旋即被她抛之脑后了。

酷哥一双如冬日深海的寒眸还盯着她,她便通红着脸小步挪到了许冰葵的旁边,求助似的拽住了许冰葵的衣角——她以东北人的身份发誓,她这辈子从没有这么扭捏过。

许冰葵投以疑问的目光,兆荔子便凑上前小声开口:"小葵花,你咋有这么帅的哥……"

她还差一个"哥"字没说完,因为低头时注意到了眼前那辆熟悉的"二八"单车,这车在如今堪称古董了,全校也就余虓烈一个土包子骑!

"嗯?"

她看了看车,又看了看酷哥。

随后兆荔子手指着酷哥,脸涨得更加通红,眼珠子都要瞪出来了,再也不是那副娇羞的样子。

她像是被烈火烫了脚底板一样在原地反复跳跃,一连骂出了好几个北方人表示惊叹的词。

"余虓烈?"

余虓烈在她跳脚时,将许冰葵重新按到自己的后座上,扶着车快速跑出好远,在兆荔子反应过来气急败坏的骂声中回头,露出一个充满嚣张气焰的笑容。

这个嘲讽的笑容……啊,算挺熟悉的。

兆荔子又甩着包子追过去,嘴上还继续骂着他:"余虓烈你这是回娘胎重造了是吗,你也不能怪别人污蔑你找人代考啊!"

许冰葵在后座上捂着嘴直笑。

兆荔子有点委屈,只能大声嚷嚷将胸腔里乱窜的这股气发泄出

去。

刚刚的心动来得太快,去得更快!

怪只怪他们当时没在一个考场,考完试就直接放假了,她都没见过取下眼镜、剪了头发、打扮焕然一新的余虓烈,所以才没认出。不过,这变化也太大了吧!

等三人打打闹闹地到了教室,朱星吉正背对着门,抱着从海岛带回来的一大麻袋纪念品大肆兜售。

"来来来!大家都看看,我特意去最灵验的庙里求的符,都是开过光的,肯定保佑你们学业进步的!"

班上挺多人围住他,乐得看他吹牛,却全都不愿被他坑钱。

余虓烈凑过去一看,发现那袋子里装的都是小木牌,用金丝红线穿着,朱星吉手上还挂着好几块,他扶正了一看,上面写着四个大字——金榜题名。

余虓烈"哧"地笑出声,身子往前倾,一大片阴影盖在朱星吉桌子上,把他吓了一大跳,以为是马志远来了,赶紧推开众人将东西一股脑塞到课桌下,回头才发现是余虓烈。

以前的小白胖子如今变成了小黑胖子,他反应迅速,看见余虓烈像是见着了亲人一样,一只黑黝黝的手臂猛地搂了上去。

"烈哥!"

大多数同学都没认出余虓烈,听到朱星吉一声含糊叫唤也不明所以,只呆呆地看着眼前又高又酷的帅哥,待反应过来后才三三两两兴奋地交头接耳,目光一刻都不能从余虓烈身上挪开,教室里一时便热闹了许多。

"是新来的转校生吧?朱星吉的熟人?"

"看上去像啊,他背着书包。他也太高了吧,和语文课代表差不多?但是帅多了,我们班上终于有一个正经班草了?"

众人齐齐反驳:"这哪还是班草啊,这一来就得称霸校草啊!冷酷校草哪里跑!"

站在一旁的许冰葵已经不再像上个学期那般冷漠,此时听着大家的讨论内心欢喜,嘴边便抿出了两个小酒窝来。而兆荔子却抱着胳膊,憋着笑看大家——看来今天眼拙的不止她一个。

而朱星吉双手锁住余虓烈,摇了摇他的身子,像是突然想到什么似的双眼发光,大声号道:"烈哥烈哥,快来,借你的手一用!"

他在余虓烈的拳头攥起来时终于松开了对余虓烈的桎梏,但是又连忙转握住了余虓烈的手腕,扯开课桌下的麻袋,猛地将余虓烈的手塞了进去,又握着在袋子里搅了搅。

在场没人能看懂他的操作,只听到他重新大声吆喝:"来来来,

你们不信我去庙里开光了,现在给你们再开光一次。"

朱星吉两只眼睛笑得眯成一条缝了,哥俩好地想揽上余虓烈的肩膀,可踮起脚来也只够得到他的腰。

"年级第一名的手,怎么样?"

他信手拈来一句广告语,指着大家,激情澎湃:"无须代考,你,就是黑马!"

朱星吉不管自己的话此刻引起了众人多大的反应,余光瞥到许冰葵,眼睛又亮了些许,连忙凑过去嬉皮笑脸道:"不然小葵花也来帮我助助阵?"

他站上讲台,出口又是一句广告语:"不是黑马,但我,稳扎稳打!"

许冰葵捂住嘴退后几步,惊恐地摇了摇头。而兆荔子看着眼前同学已经扭曲了的面部表情,伏在许冰葵身上笑弯了腰。

被利用的余虓烈脸都黑了,连忙抽出手来,却发现自己小拇指钩着一根红线,牵出了一块牌子。他低头一瞥,愣了一瞬,却隐隐有了笑容。

而其他同学已经被朱星吉口中的爆炸消息轰晕了——这人就是余虓烈?

众人看看余虓烈的脸,惊叹道:短短一个寒假,余虓烈去整容了？

随后大家又齐刷刷地从上而下打量起他的穿着，又是一个疑问：短短一个寒假，余虓烈家暴富了？

教室里安静了下来，小眼镜同学举起了手："给我来一个！就最上面年级第一摸过的那个！"

一语激起千层浪。

众人反应过来后，立即凑上前去将朱星吉团团包围——谁还管冷酷校草往哪儿跑啊，马上高三了，还是年级第一摸过的牌子更吸引人！

而余虓烈退开一步，一双长腿倒退着悄悄来到许冰葵的身边，他垂首看着眼前娇俏得像个精灵的小女孩，伸出了自己的右手。

他右手握拳，只能看到长长一截红色的穗子垂了下来，在空中晃荡了两下。

许冰葵投以疑惑的目光，却乖乖地伸出自己的手，摊平了放在他拳头底下。

"来，冷酷校草只给你开光。"

一块微凉的、残留着他的体温的木质小牌被放到了她的手心处。

余虓烈听着耳边朱星吉激动的叫卖声，小声笑骂道："他们那一袋都没用，只你这个管用。"

等余虓烈的手挪开时,她才看到小牌子上刻着的三个粉色大字:桃花运。

许冰葵满面通红,灿若桃花,小声嗫嚅道:"我现在……要什么桃花运啊……"说是这样说,藏在背后的手却轻轻握紧了掌中灼人的木牌。

偏偏余虓烈还低头凑过来,气息拂过她的碎发,搔得她耳尖又烫又痒。

"话别说这么早哦小妹妹,凭此符,可随时兑换一个冷酷校草,使用时效不限,使用功能不限。"

马志远进教室的时候,朱星吉已经小赚了一笔,见到班主任的身影便连忙把手机收款码藏了起来,抱着只剩半袋的牌子蹿回了座位。

路过马志远时,他还拜了个晚年:"哟!马老师,新年好嘿,您看上去又年轻了不少!"

马志远手里卷着本书,赏了他脑门一下,这才笑眯眯地走到讲台上站定,注意到了旁边坐着的余虓烈,看到对方这一身打扮,露出了惊讶的表情,可很快便笑了起来。

"过年前有同学反映我们班上某位同学找哥哥来代考,为了解实情，我与对方家长打了近一个小时的电话，其家长再三表示，该同学家里一脉单传，根本就没有哥哥。"

马志远走下讲台，拍了拍余虓烈的肩膀，玩味地问："那么，这位帅气的'哥哥'，怎么又跑到我们班上来了呢？"

众人哄笑，朱星吉还起哄大喊："可不是嘛！这'哥哥'还敢考年级第一，气死好些个人。"

他说前半句时笑得开怀，后半句话却阴阳怪气，指的就是那日造谣污蔑的几人。

余虓烈此刻漫不经心地站起，他背对着众人，高大的身影笼下一大片阴影，将或友好探寻、或真情憧憬、或嫉恨怨愤的视线统统抵挡住。

他重复着第一次在这个教室里做的自我介绍，声音轻飘飘的，却让其他人情绪高昂："我是余虓烈，x-i-ao-xiao，不叫余虎烈，也不叫余彪烈，更不叫余九虎烈，更不是其他任何一个人。"

朱星吉兴奋地吹了声口哨，他抱着小眼镜同学的胳膊，兴奋地大喊："我以前就觉得他这段开场白过于装相，但没想到放在今天能这么帅！太酷了！"

其他人也鼓起掌来，只觉得现在这个光芒四射的背影和之前那个又土又弱的人渐渐重合，此刻他们回想一番，其实无论是哪个他，

的确都能第一时间成为人群中的焦点。

最后是马志远笑着喊了停,他看了看腕表,早读课快要结束了,便掐着点宣布了一件正事。

"春季运动会又要到了?我要报名,我的阑尾已经不在了!"朱星吉一马当先,他还为上次训练了小半个月,最后因为阑尾炎放弃比赛而耿耿于怀。

马志远摇了摇头,神秘兮兮道:"知道我们学校的校庆是哪一天吗?五四青年节。"

他清了清嗓子,微笑着继续道:"今年是我们学校创办的第四十周年,学校将在五月四日当天举办大型文艺会演,届时会开放礼堂,邀请家长们前来观看表演,而你们,那时便是舞台上的主角。

"学校鼓励大家推陈出新,创新作品,所以大家要是有节目想要表演的话,找文艺委员报名,之后会由学校审核。"

马志远端起茶杯抿了口枸杞茶,优哉游哉地看着台下众人:"你们好好准备准备,每个班最少出一个节目,看你们的了。"说完,便捧着茶杯走出了教室。

坐在第二组正中位置的文艺委员周滢滢一张小脸都皱了起来,这样的大型表演,不知道要耗费她多少时间和心血来统筹安排。

周滢滢的同桌拍拍她的手,出主意道:"你可以找几个人来一个小提琴合奏嘛,走高大上路线,肯定能行。"

周滢滢摇了摇头:"太难找了,而且我期末考试考砸了,我爸妈已经不许我碰小提琴了,我还是下课去找马老师推掉这个任务吧。"

她们说话声音不小,坐在前面几个位置的余虓烈听见,却低头沉思起来,伸手摸了摸桌兜里塞满的武侠书,心中有了主意。

待下课铃响起时,周滢滢从他的座位路过,他便起身跟了过去,在办公室前的走廊上喊住了她。

余虓烈双手插着裤兜,一条长腿朝前晃了晃,痞气十足,看过来的眼神却十足诚恳:"周年庆的节目能交给我来安排吗?"

之后的三天,无论是上什么课,余虓烈都低着头在老师眼皮子底下写写画画,不知在捣鼓些什么东西,偏偏老师们都看出他开小差,却拿他没办法。

谁能拿一个脸皮厚如城墙的学霸有办法呢?对,重点就在于他脸皮厚。

"余虓烈,你来给大家讲解一下这道题。"

历史老师坐在讲台上扶了扶眼镜,他讲解期末试卷讲了两节课,别说做笔记了,他就没见余虓烈抬过头看他一眼!

余虓烈被点名,才慢悠悠地抬头起身,脸上却是一副像是专心

做事被打扰的样子,浓眉深锁,直接侧头看向右侧第一组坐着的许冰葵,声音柔得不像话,问道:"第几题?"

许冰葵也丝毫不做掩饰地耿直回答:"第五大题的第一小问。"

他们俩这一来一回,历史老师气得长寿眉都颤了几下,却没想到接下来学生的话更可气。

"哦,这题啊……我的答案太简略了,怕你们听不懂。"余虓烈双手握着试卷抖了抖,看一眼题目,便从抽屉里抽出本历史书翻看,几秒钟后气定神闲地合上书。

"对,详情请翻阅《经济史》第六十八页第三大段和第五大段。"

历史老师不信邪,夺过他的书,翻开第六十八页仔细查看,随后仰头瞪着他,口中却对其他同学讲道:"快订正吧,这两段要牢记,去年高考就考到了!"

余虓烈无辜一笑,问道:"老师,我可以坐下了吗?"

历史老师剜他一眼,随后无奈地笑道:"坐吧坐吧。"

十分钟后,历史老师拎着朱星吉的耳朵,将人提溜了起来,另一只手上还缴获了一堆战利品——是他从网上新订的符,上个课间刚让余虓烈开过光,准备下了这节课就送去一班。

他早就把市场给打通了,整个高三,自一班到二十三班,百分之五十都已经发展成他的客户了,全找他团购。

历史老师看着左边一块牌子写着"金榜题名",右边一块牌子写着"蟾宫折桂",嘴角抖得不受控制。

"朱星吉,没想到你个小脑袋瓜,还挺迷信的哈。"

朱星吉见老师没往校园倒卖商品方面想,松了口气,连忙赔笑:"老师您放我一马呗,您把东西还我,我这就收起来。"

"放你一马可以,但是……"历史老师冷笑,"你会答题吗?你能整节课不听讲,站起来一看题目就知道答案在哪本书哪一页哪一段上面吗?"

这下余虓烈倒是耳尖,手上还"唰唰"地写着什么,却已经仰起脖子朝这边喊道:"承让承让。"

朱星吉羞耻地低下了头,恰巧下课铃响起,历史老师便将手中的牌子都放回他桌子上,临走前还补刀:"朱星吉你做得对,拜拜佛求点符,曲线救国嘛!"

下一节课是班会,正好到了换座位的时候,许冰葵和兆荔子现在坐第一组,今天一换座位,她们就又和余虓烈成前后桌了。

一下课,余虓烈便揉着脖子朝许冰葵走来,他甩了甩手,伸展开方才一直蜷在座位上的身子,随后搬起许冰葵的桌子,笑着道:"来吧,乖乖过来我这里。"

兆荔子翻了个白眼,而许冰葵怀里抱着书袋笔袋已经站起,亦

步亦趋地跟着他回到了第二组的位置。

兆荔子搬着桌子还在艰难移动,许冰葵放下手中的东西便跑过去帮忙,余虓烈也上前准备搭把手,却被她光明正大地白了一眼:"你俩要不要这样!"

余虓烈故作疑惑,接过她的桌子,安慰道:"这一个月还有你受的。"

平常班会课就是给他们自习的,马志远进来说上两句话,鼓舞一下士气,便让他们好好自习,如果有难题的话也可以前往办公室找老师答疑。

他走后,许冰葵刚拿出数学卷,她的新前桌就回过了头,阴影盖住她,递过来一个本子,本子正中央还画着一朵歪歪扭扭的葵花。

许冰葵疑惑,只见他点点下巴,示意她打开。

许冰葵翻开封面,便见第一页空白处有几个龙飞凤舞的大字,甚至墨迹未干——《倚天之武林大乱炖》。

"这是你写的?"许冰葵手上又迅速翻开一页,匆匆浏览一遍,越看到后面眼睛越明亮,惊喜地看他,"你今天上课就是……在写这个?"

余虓烈点头,严肃道:"是,还请女侠帮我看看剧情,严格把控一下质量。"

距放学铃响起已经过了半个多小时了,最近桑朵阴雨连绵,余虓烈见教室外天渐渐阴沉,这才敲了敲许冰葵的桌子,将还沉浸在剧本里的人唤醒了。

他俩新学期已经不再去小葵花道馆打拳了,原本就是为了余虓烈强身健体,如今知道他的"真面目",也没有必要再去学那些皮毛。

而且他们是准高三生,下午放学前又增加了一节自习课,她从道馆回家就得十点钟,虽然春田没说什么,可每次见她晚归都拉下了脸。

余虓烈只偶尔去打打拳,宋森已经回市里了,他去了道馆也还能碰见他的"师哥师姐们",锅盖头小男孩艰难地抻着腿,眼泪鼻涕直流地问他为什么不坚持下去。

余虓烈优哉游哉地吃着冰激凌,吸引了所有花花班同学的眼球,一手揉乱了小男孩的锅盖头,笑道:"只有小朋友才会因为妈妈说的要坚持,然后来这里偷偷地哭。"

气得锅盖头小男孩往他鞋子上狠狠地跺了两脚。

由于余虓烈的行为恶劣,许菏年也不准他来道馆了,除非他丢掉手中的冰激凌。

"咚咚——"

许冰葵还未抬头,一只大手伸了过来,盖住了她正阅读的那部分。接着他将食指竖了起来,朝她摇了摇,随后又抬起了手掌,两根修长的手指比了个小人行走。

这是在说:先别看了,咱回家吧。

小人在本子上游走一圈,伴随着他口中的一声"boom",步伐越来越急,跑一样躲进了旁边那堆书下,又抖了抖身子,像是抖落了身上的春雨。

许冰葵这才抬起头来,笑盈盈的,欢喜地看着余虓烈。

余虓烈收回手,半途中又改道抚上了她的小脑袋,笑道:"再不走,我俩真的要成落汤鸡了。"

怕碰上大雨不好回家,两人今天也没骑单车,许冰葵一路上忍不住地和他谈论起本子上的故事,絮絮叨叨的,生怕还没讲完路就到了尽头。

第一次见她这般可爱的模样,余虓烈拿出忘记换回来的老年机,偷偷按了录音键,而她全然未觉,还兴奋地说着话。

"我还没看到最后,最后发生了……什么呢?"

余虓烈一本正经:"张无忌的红颜知己们被东方不败、萧峰、郭靖他们拐跑了。"

许冰葵秀气的眉毛皱了皱,不可置信地瞪大了眼睛,喃喃道:"真的吗?他们不是为了倚天剑来的吗?怎么东方不败还抢红颜呢……"

看她一副痴迷的样子,余虓烈轻笑出声:"逗你的。最后他们回归自己的世界,争来夺去后,发现全是一场梦。"

两人一路聊着,很快便到了熟悉的青石路上。

余虓烈看着旁边兴奋不已的许冰葵,拍了拍她的脑袋,在小脑袋转过来朝向他时,状似随意地问:"小葵花,我可以邀请你负责旁白部分吗?"

他话音刚落,许冰葵便瞪大了眼睛,看到他坚定的眼神,知道他认真无比后,脸上的笑意渐渐褪去。

过去十几年来的伪装、上台后的困顿以及不能开口的自卑沮丧一瞬放大百倍涌上心头,她仿佛又变回了无助的七岁小孩,被奶奶关在房子里,从此便决意封闭自己。

她慌乱地低下头,手攥紧了书袋,轻轻摇了摇头,话说得比任何时候都要磕磕绊绊:"我……我不不……不行。"

许冰葵想一想那场景便害怕得很,想到什么似的,立即抖着手把本子从自己书袋里掏出来,像是烫手山芋般,一把塞进了余虓烈的怀里:"我……我也不看了,还……还你。"

随后她便匆忙地往前走两步,想逃,可身边人却停了下来。

许冰葵心头一团乱麻,却因为担心余虓烈是否生气而止住了脚步,刚想回头央求他,身后便传来了声音。

"你这个想法很棒,他们在各自的世界收到同一份武林大会的邀请,胜出者便能拿到倚天剑,所以大家穿越进一个空间,不同的性格……不同的价值观……这根本就是武侠大乱炖!"

——是她的声音!

许冰葵身体一顿,惊诧地回头便看见余虓烈举起的手机,原来方才他们一路交谈,全被余虓烈给录了下来。

录音还在播着,余虓烈停在原地,目光沉沉地看她。

"其实东方不败才算是敢爱敢恨,结尾才能拿到倚天剑后,将它沉入湖底……

"最后他们的故事,都圆满了是吗?"

余虓烈慢步走上前来,握住了女孩颤抖僵直的肩头,轻轻地敲了她一个脑瓜崩。

余虓烈食指弯曲,又用指节轻柔地抚过她的眼角,所触之处一片干燥,他在心中悄悄地松了口气:很好,还没把人吓哭。

他其实是小心翼翼的,可看着她的眼神一如既往地坚定,道:"不准你说自己不行,不准你妄自菲薄,不准你丢弃自信,不准你哭鼻子,不准……你又把自己藏起来。"

许冰葵松开被带子勒出红印的小手，改为攥住了少年的衣摆，像抓住救命稻草一样。

她试探着问："我……我可以吗？"

余虓烈笑着在她面前重新按下播放键，待录音结束后立即肯定道："你当然可以。"

高大的少年弯腰，捏捏她的脸，又一手指着自己的脸，一本正经道："你看看我，这张校草的脸上现在就写着三个字——你可以。"

许冰葵破涕而笑，羞极了似的，背过身偷偷吸了吸鼻子。

而余虓烈又凑上去，嬉皮笑脸地逗她。

事实上，录音中许冰葵的声音充满朝气，她完全沉浸在了故事中，讲述内容时虽然还有些磕绊，但绝对算不上结巴，反而能听出她丰富多彩的情感，娓娓道来的叙述风格，正合适。

而余虓烈的话，把她从七岁那年的小黑屋里真正救起。

许冰葵回到家时，眼尾鼻头还是粉红色的，一看就像是受了欺负。看到春田在工作间，她用那像是含着撒娇委屈的鼻音喊了声人便上楼回了房间。

春田只看到她的背影，却知道她肯定是哭过了。

春田放下手中裁衣的剪刀，端起果盘追了过去，见许冰葵已经

拿出练习册做题,立在那儿沉吟好一阵,终于问道:"放学回来路上发生什么了吗?"

许冰葵赶忙摇头,眼神却不由自主地避开春田。

春田见她不说,只将信将疑地点点头,随后离开。

当楼下厨房响起烧菜声音后,许冰葵又打开书包,拿出了画着小葵花的本子,匆匆翻了几页,看着上面涂涂改改的痕迹,如获至宝般紧紧捧在了怀里。

## 第八章
穿最粉的裙子，下最狠的手

许冰葵答应下来，就算是解决最核心最棘手的问题了，余虓烈便立即将剧本呈上了马志远的办公桌，他们两人第二天又花了些时间讨论故事情节，一起修改润色，现在算是个完整的作品了。

马志远是个语文教师，更是个文人，此刻看着手中这个剧本"啧啧"称奇。

余虓烈凑上来，一本正经地说着讨打的话："怎么样马老师，这作品能拿会演第一名吗？虽然我们的主要目的是欢庆母校生日，但比赛第一嘛。"

果不其然，他话音刚落，办公室里的其他老师都看了过来。

马志远连忙瞪了他一眼，却还是笑呵呵地给予赞扬和支持："你这个剧本写得不错，部分场景声势大，道具多角色多，四月中旬学校就要审核节目，你和文艺委员尽快选角排练吧。"

余虣烈应下,却不急着走,指了指扒着办公室门探头张望的花苞头,看着小身影鬼鬼祟祟又缩了回去,笑道:"这个剧本主要是体育委员指导我创作的。"

马志远也看到门口怯生生的小人儿,又不吝啬地夸赞道:"我们班倒真是德智体美劳全面发展了,真好。"

余虣烈听到想听的话,这才拿着剧本离开了。

办公室里响起讨论声,理科重点班的班主任调侃道:"刚刚那小子是谁呀,说话可真够狂的。"

他们班的节目也定了,舞蹈开场秀,主舞是连续两年在桑朵一中各大小晚会上夺魁的女同学。就这样,他都没向外说他们这节目能拿第一名。

而马志远笑吟吟地喝口茶,轻描淡写道:"哦,那是上学期期末考文科第一的余虣烈,少年气盛嘛,还是个好孩子的。"

那位班主任突然噤了声,抱着试卷去班级了,推开教室门的动作还有点凶——上回期末考试,可不就被那小子拿了数学第一吗,高出他理科班第一5分!

他看了眼还在吵闹的班级,板着脸秋后算账:"还在给我闹腾,期末考试考得很好吗!一个个不知上进,不知追赶他人!"

同学们面面相觑，皆是蒙圈，说是秋后算账，可开学回来都进行了两次小测了，怎么还在念叨上学期的事呢？

排练很快便组织展开了，女生由文艺委员周滢滢和兆荔子选角招人，男生则全靠朱星吉在班级吆喝召唤，幸好复印出来的剧本在班上传阅开后，大部分人都感兴趣，积极报名积极配合。

自由活动的体育课，在刚刚冒出嫩青树叶的榕树下，围着树根坐了一圈七班同学，正在热闹地研讨剧本，而两位编剧却躲起来，避开人群坐在草地上，要携手共克最大的难题。

许冰葵手中也捧着份崭新的剧本，正在心中默读旁白部分。她身边坐着余虓烈，她总觉得自己会丢人，这样想着心中默念的声音也磕绊起来，更别说开口了。

余虓烈瞥见她低头标注时颤抖的手，知道让她开口还得循循善诱，首先还是要放松下来，便随口问道："你怎么也拿了份新的？那份手稿呢？"

许冰葵没料到他会突然问起，想到自己将手稿藏在枕头下，每晚都要翻看一遍才去睡，便觉得脸上如有火在灼烧。她低头含糊着不讲实情："嗯……放在家了。"

余虓烈当然注意到了她的羞窘，凑近了低沉道："怎么，先前

给你还不要,现在当作宝贝了?"

旁边的小人儿脸蛋都要红透了,红云爬上她的粉面,又染上了她的耳尖。

余虓烈笑得不饶人,一颗心却泛滥着温柔,见她羞极了别过头去,便轻声哄道:"好了好了,不逗你了,我巴不得你将它当作宝贝呢。"

许冰葵回头,便掉进他深邃如海的眸子里。

余虓烈正沉沉看她,嘴角含笑。

两人都心知肚明,这个剧本,是他为了她才创作的,是他送给她的礼物。

许冰葵轻咬住唇,两片长长的睫毛扇了扇,嗫嚅出声:"我当作宝贝的……"

他送的那场雪夜烟火,他送的那两麻袋武侠书,他送的每一颗糖、每一块草莓蛋糕、桃花符以及这个故事,全都被她当作宝贝珍藏着。

她的声音细细小小的,余虓烈没能听清,再追问时,她只指着剧本一处,问他这里要如何断句。

余虓烈便挨近了她,一遍一遍给她重复念着旁白。

那天夜里,许冰葵学到十一点钟,春田早早睡了,她便摊开剧本手稿,躲在被窝里鼓足了勇气张开了嘴。

对她来说开口真是件难事。

即使在无人深夜,她也紧张得手心冒汗,声音发颤。

"众人睁……睁开眼……这才发现自己……置身山谷,脚下是个八卦阵……阵中心站着……站着一位红衣女子……"

直到她脑海里回响起余虓烈念旁白的声音,一颗心才慢慢平静下来……

一遍读下来,结束时全然不像开始时那般笨嘴拙舌,许冰葵的勇气又多了几分,红着眼尾抱住了绵软的被子。

两分钟后她又直起身来,从桌上拿了支笔,翻开那本小葵花本子,在涂涂改改的末页,鬼使神差地留下了自己娟秀的字迹:

是珍宝,也是我寻回的半生勇气。

墨迹未干,许冰葵便恍然回神,看着这句话慌了神,拇指匆忙擦过最后两个字,在纸张上留下一道浅浅的黑色尾巴。

她连忙合上本子藏回枕头底下,关了灯,躲在被窝里握着沾了墨水的拇指,觉得那一块都要烫破皮了。

她又在心里重复了一遍那句话,有点心慌,又有点欢喜。

她翻来覆去好几个回合,这才闭上眼进入了梦乡。


南方的春天雨水足,常常淅淅沥沥地整天下着小雨,或者半夜惊雷,而其余时光便全是明媚春日,很少有不下雨也不出太阳的阴天。

学生们也渐渐脱下厚重的棉衣毛衣，在操场上跑着闹着，轻盈得像只小鸟，散发出更浓郁的青春气息。

高二七班同学们的日常除了晨跑又多了一项任务，便是排练——全班有一半人参与了会演。

因为新增一节自习课，马志远担忧这样下来"剧组人员"放学晚，回家不够安全，甚至批准了他们"选修"那堂课，前提是不影响学习。

一群人喜笑颜开，一放学便扎堆往活动中心跑，他们已经占领了那块区域。

这日，周滢滢正带着大家排练，朱星吉和余虓烈便从正门抬进来一个橡胶假人。

众人停下来，全部围了上去，叽叽喳喳地猜测着。

"这是什么？模特？"

"好像是跆拳道馆里会出现的？类似沙包，用来练习的。"

将假人从校门口运到这儿来，朱星吉早就气喘吁吁，趴在假人身上直不起腰，此时喘匀了气便道："这就是打拳用的。我们剧本里不是有一个武术表演场景吗？所以特地为大家请了一位特殊指导！"

朱星吉笑眯了眼，他也是搬运路上听余虓烈讲的。自从余虓烈弱鸡人设破灭之后，他便也了解到余虓烈从小学拳，此时理所当然地认为这位特殊指导便是余虓烈自己。

"哼哼……"朱星吉鼻孔都要朝天了,夸大道,"我们的大导演——烈哥!可是从小开始打拳的,拿过好多个市级金杯!"

听他这么一说,大家循着他崇拜的目光看向了一旁的余虓烈,见对方狡黠一笑,顿时便全部兴奋了起来。

校草要打拳了?那得多酷啊!

大家在那掰着手指数道:会写剧本,年级第一,有才华,有身高,有肌肉,还有过于优秀的颜值……

比起之前的余虓烈,现在真是一键变身了吧?

众人还兀自兴奋着,朱星吉使劲地朝余虓烈点头,示意他上前露一手。

余虓烈又是一笑,意气风发道:"清场,不要伤及无辜。"

其余人便散开来,在他身后围成一个半圆。

这时活动中心的门被推开,姗姗来迟的许冰葵看着大家这个阵势,愣了。

而被众人包围着的余虓烈看着她也愣了,此刻他眼中的小姑娘一身清爽的运动衫,嫩粉的颜色衬着外头的碧空,她整个人也明媚了起来,高高的马尾晃一晃,他的心也随之荡漾。

这是他第一次见许冰葵穿得如此……朴素。

余虓烈拍拍脑袋，被这个词逗笑了，但是眼前的人因为这身朴素衣装，显得活力无限，真实无比。

许冰葵还愣在那儿，有点怯懦。

余虓烈连忙上前将她拉了过来，朝疑惑的众人道："许同学，就是我请来的武术指导。"

正是为了方便，她才换下了早晨穿来的精致衣衫。

许冰葵仍然有些局促，她拽了拽自己的衣摆，十分正经地弯腰鞠了一躬。

众人没有任何反应，看着一米五的娇俏女生，有些呆滞地想，余虓烈是在跟他们开玩笑吗？

可许冰葵不管他们有没有给出反应，回身助跑，跃起两米，飞身一脚踹在橡胶假人的头上，将那个结实的假人踹出十米远后撞在对面墙上，"砰"的一声，落地了……

众人皆是一惊，张开的嘴巴能吞下一颗鸡蛋。而许冰葵已经转过身来，有些不好意思地对着他们露出一个笑容。

许冰葵平常冷面寡言，很少对他人露出这样的笑容，若是没有发生方才那一幕，这个笑容堪称天使般的微笑。

可……

朱星吉和兆荔子站在一起，他转头看了看同样震惊无比的兆荔子，摸了摸自己的脸，仿佛那一脚踹在了自己的脸上，哭着问道："这样可爱的女孩子，一脚踹过来肯定非常痛吧？"

要是有个小葵花粉丝后援会的话，那余虓烈肯定是会长，兆荔子则是成天嚷着"姐姐抱！姐姐抱！"又与会长吃醋的超级狂热大咖，而朱星吉则是理智粉，偶尔也会嗑嗑CP。

可现在看看兆荔子的表情，也是重重摸了把脸才把惊讶得快掉到地上的下巴捡起来，又暗骂几声……

总之，许冰葵平常的人设在此刻哗啦啦地稀碎了。

全场只有余虓烈是笑着的，带头鼓起了掌。女孩听见掌声回望过去，甜甜地露出了自己的小虎牙。

其余人也跟着回神鼓起掌来，这才知道，高二七班卧虎藏龙，而眼前的世界真真假假，你根本分不清身边哪位同学是宝藏，什么时候自己变成了弱鸡……

排练进行得越发顺利，最有难度的部分就是武术表演那块，许冰葵作为武术指导，在这方面下的功夫比熟读旁白更多。

四月二十日的节目审核会上，他们暂时先抛弃了旁白，许冰葵上场，头上高高束着马尾，绑了条红色丝带，带领着同学们打了一套拳。

恢宏的背景音乐下,她神情肃穆,眼神锐利坚定,长长的丝带垂在她耳后,随着她的动作飞舞着,她化身红衣女侠,自如地穿梭在人群中。

他们的节目还有待完善,却也获得了审核团的赞扬。

离校庆还有不到半个月的时间,学校的邀请函已经发下来,正装在许冰葵的书包里,而他们剧组的排练则更加急迫了。

这天,许冰葵比平常还要晚归四十分钟,等她气喘吁吁地扶着单车推开院门时,许菏年都从道馆回来了,正坐在客厅看电视,厨房里是忙碌的春田。

等春田端着饭菜出来,见到孙女满头大汗和凌乱的发丝,垂了眸子没作声。

饭桌上,许冰葵翻出了书包里的邀请函,递到两位家长手边,装作不在乎道:"我们……我们学校校庆,邀请家长观看演出。"

许菏年眼睛一亮,看了看邀请函右下角的会演时间,道:"时间正好,我五一假期要去外地一趟,青年节下午回来,傍晚就可以去你们学校看演出了。"

许冰葵内心又隐隐雀跃期待起来,想象着许菏年在台下瞧见她后会出现的表情,抿嘴笑了笑。

一旁的春田则将邀请函收了起来,只道:"知道了,先吃饭吧。"

许冰葵点点头，吃完便回了房间做题。


　　正是换季的时候，旗袍店忙得很，每天都有新订单，老顾客来到店里也不着急走，围坐在小院子里喝杯茶，在"嗒嗒嗒"的缝纫机踩踏声中，陪着春田说说话。

　　到了晌午，顾客也纷纷离开，他们还得回家做饭，离开前和春田约定了时间来取成品，便笑吟吟地走了。

　　而春田揉了揉酸痛的膝盖，也站了起来，平常中午她在店里吃饭。

　　老人吃得不多，而许菏年两父女中午也不会回家，她就索性在店里放了个电磁炉，每天中午一人凑合吃点，再做工到五点，两父女快回家了，她才收拾好东西，回家准备晚饭。

　　她的生活也算是围着许菏年和许冰葵打转了。

　　今日她却在此时关了水电闸门，利落地关门落锁，面上也再没有笑容，一个人朝着家里的方向走去。

　　春田回到家，在巷口碰见接了孙女回家的邻居何奶奶。何奶奶比春田小十几岁，为人却是整天街上最热情的，此时手中牵着个蹦蹦跳跳的女娃娃，一只手还拿着小孩吃剩的半根糖葫芦。

　　粉嘟嘟的娃娃仰头看春田，嘴角粘的都是红色的糖渣，奶糯糯地喊她："春田奶奶好，小葵花姐姐回家了没有呀？"

春田满脸慈爱，恍惚中把娃娃当作了小时候的许冰葵，粗糙的手摩挲几下娃娃的脸蛋，从布袋里掏出一把龙须糖，放进娃娃的衣兜里："乖乖，来吃糖。"

何奶奶便在旁边乐呵道："哎哟，牙都要甜掉咯！小葵花姐姐要上学呀，这个时候还没回家呢！"她又问春田，"你怎么这个时候回家啦？身体不舒服？"

春田点点头，神色自然："是，有点头晕，回来躺一下午。"

何奶奶便赶紧抱起小孩，不再叨扰她，又嘱咐道："那你赶紧回去休息，有什么事就打我家电话，我都在家呢！"

春田笑着进了院子，却没回自己屋里，径直上楼走进许冰葵的房间。

她先是在窗边的书桌上翻了翻，桌上整齐地堆放着课本、教辅和几沓厚厚的试卷，她无视掉那些，扭头看向许冰葵的床铺。

当她一手掀开枕头时，那本页脚都被磨起毛边的本子就掉了出来。

春田紧皱着眉，多日积攒下来的怀疑得到了证实，时隔二十年，那股熟悉的不安感瞬间又铺天盖地地席卷上她的心头。

她颤抖着手，翻开了第一页，一目十行地看下去，终于在末页找到了证据。

——是珍宝,也是我寻回的半生勇气。

她一眼便认出这行字出自谁的手,娟秀的簪花小楷在大片的潦草字迹中显得格外突出。

许冰葵第一次落笔学写字,便是她握着那只稚嫩小手,一笔一画教会的,可自己教会的这一手好字,就在此刻,就这样触不及防地刺红了她的眼,惊了她的心⋯⋯

下了最后一堂数学课,他们一行人一如往日般收拾好书包,勾肩搭背地往活动中心走。

许冰葵跑到洗手间换衣服,兆荔子便站在一旁等她,有一搭没一搭地问她:"小葵花,你是什么时候开始习武的啊?"

"五岁。"许冰葵一颗小脑袋闷在运动衫里,声音闷闷地解释,"我跟着爸爸在他的⋯⋯跆拳道馆里练习,我没跟你讲过吗?"

"没有!"兆荔子声音里带着浓重的醋意,"关于你的事情,余虓烈怎么什么都知道啊!"

许冰葵急得在隔间里跺脚,小声说道:"没有的。"

可她转念一想,余虓烈还真就知道她的所有事情,一个秘密接着一个秘密。

"因为第一次见面,我⋯⋯我帮他赶跑了小混混。"

兆荔子看着红着脸的女孩开门走出来，连忙挎住她的手，一边走了出去，一边骂道："余虓烈就是个骗子，他当时肯定是见到好看小姑娘来了，才装弱鸡等你美女救'野兽'的！"

许冰葵捂着嘴咯咯笑，却不知道兆荔子的猜测完全准确……

活动中心外，朱星吉提着满满一袋子的芒果班戟，正每人一个分发着，兴奋地大喊："大家过来啦！烈哥请大家吃小蛋糕！等会儿演完了我们再出去吃大餐！"

众人都开心上前，端着蛋糕围坐成一圈，开始听朱星吉日常吹牛，而队伍里有女孩子偷偷张望，却始终找不到余虓烈的身影。

余虓烈守在回廊处，见许冰葵和兆荔子两人手挽手亲密走来，便背着手走上前去，幼稚地笑道："小葵花，来选一个，左手还是右手？"

许冰葵一头雾水，乖乖地指了指他的右手，而一旁的兆荔子白眼已经翻到天上去了。

余虓烈右手捧着一个草莓千层蛋糕，举至她俩眼前，嘴欠道："啧，兆荔子捡便宜了，不然只能进教室吃芒果班戟。"

兆荔子抬脚想踹他，被许冰葵及时拉住手臂，推着她跑去角落里吃蛋糕。

等众人吃完甜点，这节自习课已经过去大半了，统筹周滢滢便把人全喊回来继续排练。

完整走完一遍剧情后,放学铃刚刚响起,队伍里有几个女生的武术部分还是不能过关,周滢滢也在其中,她有些为难,却还是走到许冰葵面前,不好意思地问:"小葵花同学,你能再留下来半个小时吗?我们还想问你一些武术招式。"

许冰葵二话不说点了点头。

余虓烈作为导演,这段时间每次都是最后离开的,他得留下来跟几个主演沟通,不断完善动作或是情感。因此他们俩最近也很少一块回家,今天他们能一起回家了。

许冰葵看着另一边正跟主演说着话的余虓烈的冷淡侧脸,悄悄抿了抿唇,决定在今天的回家路上,要让他听听自己的旁白。

此时,高二七班只剩下小眼镜同学一人,他今天值日,在后排扫地。

教室门口出现一个身影,径直走到了第二组的第一个位置上,那张桌上放着许冰葵的粉色笔袋。

小眼镜同学抬头便看见一位身穿旗袍、气质清雅的老人,正站在许冰葵的座位前翻看着什么,他开口问道:"奶奶您好,请问需要什么帮助吗?"

春田方才没看见他,吓了一跳,却很快恢复了自然神色,淡笑着问他:"许冰葵还没有回家,我过来接她,你知道她现在在哪儿吗?"

小眼镜同学有问必答,热情无比:"哦,他们现在应该还在活动中心排练呢,就在这栋教学楼旁边的活动中心一楼大厅。"

春田笑着向他道谢,又在许冰葵桌上拿走一本书放进布袋里,便离开往活动中心去了。

小眼镜同学也不作他想,把垃圾倒了,便背上书包回家了。

春田找到他们排练的活动中心,在后门处掀开一角红色幕布,看见早上出门还被她打扮得似精致洋娃娃的乖巧孙女,此刻却一身运动装,散乱着马尾,一个高抬腿利落地劈向橡胶假人的肩膀。

她转身离开,听见许冰葵温柔地教导他人,却还是不能轻松地说出一个完整句子:"你们的腿要一前一后……打开,身体微侧,跨步时将身体带出后……再踢腿。"

出了桑朵一中,春田像卸下八分力气,扶着墙大口大口地呼吸。

终于收工的几个人结伴出门,在教学楼前告别。余虓烈带着许冰葵前往车棚,各自扶了车出来,没等许冰葵鼓足勇气,他便开口问道:"女侠的旁白准备得怎么样啦?"

许冰葵有点紧张,触及他的视线后舌头便开始打结:"准……

准备好了！"

——为了给自己打气，最后两个字她是扯着嗓子喊出来的，话尾仿佛画上了一个大大的感叹号。

可爱极了。

余虓烈挑挑眉，满眼皆是柔光，鼓励道："那你给我整一个，整完了就有奖励。"

许冰葵哪管能得到什么奖励啊，心都提到嗓子眼了，害怕它跑出来似的，每次张开嘴却又立即合上。

她紧张得很，手里握着的车铃铛也像她那颗可怜心脏一样乱颤作响。

"随着宝剑……沉进湖底，湖水高涨，将众人席……席卷进了漩涡，再醒来时……已经回到当初的世……世界。"

许冰葵结巴着吐出最后一个词，声音已然委屈得像是带了哭腔，饶是她已经将台词背得滚瓜烂熟，已经在卫生间对着镜子练习了上千遍，但在他面前开口，被他这样沉沉注视着，万分注意着却还是慌了神。

偏偏惊起波澜的人还要问一句："你怎么这么慌？"

许冰葵咬着唇，默默地加快了蹬车的速度，拉开两人的距离。

可余虓烈不依不饶地追上去，又问道："嗯？怎么不说话？"

许冰葵嘴唇都咬出牙印了,一下便夺走了余虓烈的视线。见他盯着她粉嫩充血的嘴唇看,她立刻扭头望向别处,熟悉的温度攀上了她的耳尖。

车水马龙的傍晚,春风将她细弱的声音送进他耳朵里。

许冰葵说:"你看着我时……我最……最紧张了。"

这是意料之中的回答,可余虓烈却一瞬为之激动无比,车头一拐,从她身后绕到了她的另一侧,非要她看着他。

然后他没脸没皮地提议道:"既然面对着我最紧张的话,那就多来几次。

"你知道'脱敏'这个词吗?"

许冰葵乖巧地点头,立即便入了他的套。

"多在我面前读几次,之后你就根本不会在意其他人了。"

余虓烈摇了一个响亮的铃声,在快要到青石小巷前单方面地为她做了决定。

"舞台细节都定下了,之后不再需要我们花那么多时间陪着排练,那我们便每天抽出半个小时来,你和我,就两个人……面对面地,注视着对方认真地……练习。"

他后半句话压低了声音,低沉的声音震荡着许冰葵的耳膜,此刻她久久不能回过神来,最后他嚣张肆意地大笑出声,许冰葵才恍然回神。

她落荒而逃,只给他留下一串回荡在青石巷里的断断续续车铃声。

余虓烈兜里还有一把糖,想奖励的人却已经逃跑了,他只好拿出一颗,剥掉流光溢彩的糖纸,刚将糖丢进嘴里,便尝到了无尽诱人的甜蜜。

## 第九章
### 小葵花才是自己的英雄

四月的最后一个星期日,周滢滢一身轻盈长裙,头发也绾成小髻,手拿一柄长剑,出现在马志远办公室门前。

老师们都被这个古装小姑娘吓了一跳,随后应她的邀请结伴跟着她去了活动中心,观看他们最后一次彩排。

这个时候,大家都换上了买来的古装,道具也准备齐全,一时间舞台上丐帮、峨眉、明教等帮派齐聚一堂。

马志远坐在前排,旁边坐着余虓烈,只见余虓烈一抬手,整个活动中心的灯火便熄灭了,只有舞台上方的一盏灯幽幽亮着,幕布拉开的同时,一个柔柔怯怯的声音响了起来。

"立秋那夜,月上中天,外头天光乍现,一日月神教教众推开门,只见地上躺着一封染血请柬……"

未见其人,先闻其声。

等到幕布全部拉开，马志远兴奋地想找余虓烈交流，转头发现少年直视舞台，目光温柔。

他顺着余虓烈的视线望过去，便眼尖地看到舞台右侧被幕布遮挡住的地方，露出了半边红色衣摆。

许冰葵站在那里，汗涔涔的手握着话筒，只感觉话筒都要握不住了。她开口说完第一句，便慌乱地往台下一看，瞬间捕捉到余虓烈一如既往的专注眼神。

她开口时越发流畅自信，可心却怦怦乱跳，分了心，想着：原来脱敏真的有用……

许冰葵声音细细软软，台下只坐着不到十位观众，可每一个人都被她带入了由他们创造的新江湖中……

五月如期而至，因为要布置礼堂和教室，高年级也一并放了三天假，而最后一天的傍晚，他们还得回学校彩排。

那天放学，因为不用上最后一节自习课的缘故，他们走出教室时还看到了染红半边天的夕阳。

余虓烈和许冰葵同行回去，在路上和她讲了一堆小时候的糗事，例如把余宝庆买的紫砂锅用来装盆栽，把余鉴平的茅台拿来做啤酒鸭……

一路上许冰葵笑得都没有合上嘴,笑声比车铃声还要清脆。

直到到了青石巷路口前,在许冰葵告别后,余虓烈长腿点地,停了下来。

过了几秒,许冰葵便听见身后传来的喊声,疑惑地回头。

余虓烈酷酷地立在那里,说:"你看到我,就得知道,我这张帅气的脸上只写了大大的几个字……"

夕阳下的少年鼻尖冒出细汗,大喊出声:"你——可——以——"

少年明媚似火,眸中点点星钻闪亮,烈日都难挡他的光芒。

许冰葵扶着车进了院门,家里还一片安静,许菏年下午便坐上火车去邻省会友,春田此时应该还在旗袍店里。

许冰葵将车停在墙角,拿上书袋上楼,准备在春田到家之前再练习两遍。

她步伐轻盈,甚至算是连蹦带跳,连发丝都在雀跃地跳动着,不用看她粉扑扑的脸蛋便能知道她此刻的心情。

可当她推开自己的房门,恰好一阵风吹起窗帘,火红的阳光透过缝隙跑进来,她毫无防备地关门转身,被窗边端坐着的人吓了一跳。

许冰葵终于瞧清了房间里的不速之客。

面前的老人神情肃穆,膝盖上放着本打开的书,嘴角直直地抿成一线，右手还握着一把量衣的板尺，凸起的关节像是要刺破皮肤。

许冰葵想喊人，张了几次口却找不回自己的声音，恍惚中觉得自己回到了七岁那年，她手脚冰冷，浑身的血液仿佛在慢慢凝固。

春田打破了安静，动手将膝盖上的书翻了页。

许冰葵无比熟悉的书封便露了出来。

她看着原本应该妥帖放在教室里、藏在余虓烈桌兜中的武侠小说出现在这儿，便知道了奶奶的用意。

而老人一言不发却尤嫌不够，从枕头下抽出那本小葵花本子来，与书并排放在了一起……

五月三日下午，余虓烈早早地骑着单车来到了青石巷，已过立夏，两点钟的太阳渐渐毒辣起来。

他站在杂货铺前的树下乘凉，高大的身影挡住了半个门面，看店的老人大概把他当作小混混，躺在躺椅上还不错眼地盯着他。

他便进去买了根草莓雪糕，立在树下将雪糕举过头顶，拍了张有蓝天有绿叶有雪糕的照片，笑吟吟地给许冰葵发了过去，又贱兮兮地发了一条语音消息。

"蝉鸣、雪糕、夏日，还有哥哥，全在这里等你，快乖乖过来。"

杂货铺的老人看他对着手机露出一个傻到冒泡的笑，猜到对面

肯定是个小姑娘,哼了一声,排除了他的嫌疑,翻过身去开始打盹。

而他没看到,雪糕都开始化了,这人还没等到小姑娘。

雪糕袋子破了个口,沾了余虓烈满手的香甜黏腻。

余虓烈发过去的表情包已经刷屏了,却连一条回复都没等来。他慢慢皱起眉头,跨上车正准备去许冰葵家找人,手机铃声却响了起来。

朱星吉在那头扯着嗓子开始喊叫,不然嘈杂的背景音能将他的话全部吞掉:"烈哥,你在哪儿呢?学校这儿出状况了,你快来吧!"

余虓烈问:"怎么了?还有多久轮到我们彩排?"

"唉,几句话讲不完,离彩排还早呢,你先过来吧!"朱星吉那边更加吵闹了,说完便挂断了电话。

余虓烈只好给许冰葵又发去两条消息,以为她是因为紧张而不敢早早现身。

"小葵花,朱星吉那边出状况了,我先去学校,离彩排还早,你不用着急。"

"慢慢来,我在学校等你。"

随后他掉转车头,朝学校的方向骑去,已经化成水的草莓雪糕被他丢进了路边垃圾桶。

等他到了礼堂,远远地便看见朱星吉一群人坐在台下,优哉游哉地吃着雪糕喝着饮料……

余虓烈太阳穴突突直跳,心中升腾起一股浓浓的不安感。

下一秒,朱星吉抬头见他走来,便略带心虚地迎上前来,喊道:"烈哥你来啦!怎么这么快呀?"

余虓烈面如冰霜,问道:"状况呢?哪里有状况我来解决一下。"

朱星吉干笑着不说话。

余虓烈磨牙道:"你别告诉我,在我迎着烈日飞奔赶来后,你方才说的状况其实根本不是个状况?"

朱星吉看看他被汗打湿的头发和T恤,脑袋都埋进膝盖了:"刚才DJ老师说我们剪好的背景音乐音频丢了……"

看着余虓烈吃人的眼神,他硬着头皮说了下去:"一分钟后,他找到了备份,而我就是在这一分钟之间,给你打的电话……"

两个小时后,彩排正式开始。

其他剧组人员已到齐,而许冰葵却迟迟未来,也不曾回复余虓烈的任何一条消息。在余虓烈拨打第三通电话时,她的手机却突然关机了。

余虓烈慌了,一时在心中猜测了一万种可能。

"还是打不通?"朱星吉也格外焦急,担心道,"不会出什么

事了吧?"

听到这句话,余虓烈一个凛冽眼刀丢过去,握着手机跑了出去,只留下一句交代:"你先维持住场面,要是到我们的节目,我们还没回来,你就组织其他人上台,今天先不用旁白了。"

他跑出礼堂,突然想起什么,又探头进来,对着舞台大声喊道:"小葵花要是来了,给我打电话!"

礼堂里便盘旋着他镇定中带着一丝慌乱的声音。

余虓烈骑上车,冲出校门,门卫大叔还追着骂了几句,可他不管不顾,只想确认许冰葵身在何处,是否安全。

五分钟后,他在许冰葵家门口猛地刹车,看到了紧闭的院门,二楼的门窗也关着。

余虓烈把车扔在路边,"哐哐"地拍打着铁门,几个称呼胡乱地来回换着:"小葵花——许冰葵!许同学!体育委员!"

他拍打了两分钟,因太过用力而双手通红,却听不见丝毫的回应。

看了看比自己高出一头的围墙,余虓烈二话不说地攀了上去。

许冰葵在约定好的彩排前突然毫无音信,她为这场表演鼓足勇气踏出第一步,又耗费心力做到最好,绝不可能在最后一步退缩。

她"消失"得如此奇怪,他上天入地也要把她找回来。

可他"上天"的腿,此刻却被一只精瘦的手给大力拖住了……

余虓烈紧皱着眉回头。

墙下,何奶奶眉头皱得更紧,一手叉腰,一手攥着他的长腿就是不放松,还大声喊:

"快来人!光天化日之下,小偷要翻墙进院啦!

"看你年纪不大,胆子倒是不小!"

余虓烈在热心邻居的包围之下,费了好些口舌,才在被扭送至派出所前澄清了自己的身份,解释了自己的来意。

他皱着眉,哑着声音,请求道:"你们让我进去看看,许叔五一出了远门,家里只剩下一个小女孩和一位老人,我必须进去看看。"

何奶奶慈爱,见他真情实感,笑着拍了拍他的背宽慰道:"小伙子不要急,什么事都没有,小葵花跟着她奶奶去乡下走亲戚啦,是不是小葵花忘记告诉你了?"

"走亲戚?"

"对啊。"何奶奶回忆了一番,一五一十地说,"五一那天晚上小葵花她奶奶到我家打过招呼的。去几天倒是没说,但是还叮嘱了要是小葵花有同学来找,就说不在家。"

她指了指二楼拉着窗帘的房间:"再说这里里外外的门窗都关得好好的,怎么可能出事呢?"

余虓烈从她的话中察觉出一丝异样,心里有了大胆的猜测。

他抬起头,想验证自己的猜测,一瞬间他恍惚看到二楼许冰葵的房间窗边闪过一个娇小身影。

沉吟片刻,他骑上车横冲直撞地走了,像只受伤又无力挽回的兽。

没走出多远,余虓烈在巷口的杂货铺前停了下来,给千里外的许菏年拨了电话。

"小余,怎么突然打我电话了?"许菏年声音温柔,带着讶异。

余虓烈咽了口口水,艰难地开口:"小葵花失联了。明天的校庆她也参与了节目演出,今天彩排,但我联系不上她。"他声音沉沉,"准确地说,从五一那天开始,我便联系不上她,你们的邻居说春田奶奶带着她回乡下探亲了,归期不定。"

许菏年在电话那头沉默了好长时间。

他们一家人,只过年与邻镇的妹妹相聚,再无其他可以探望的亲戚。

他刚回忆起女儿七岁时被关在小黑屋的模样,耳边便传来余虓烈沉重的声音。

"许叔,您明白吗?"

挂断电话,许菏年立即拨打春田的电话,果不其然,她的手机也关机了。

许菏年订了最近一趟回家的车,多年的好友看到平日儒雅风流的人在接了通电话后,便变成了热锅上的蚂蚁,团团转着却毫无办法,只好说道:"走,我这就送你去车站。"

许菏年点头,突然想起什么。他记得来时在车站候车厅遇见放假回家的宋森,又急匆匆地拨去一个电话。

等余虓烈再次回到礼堂时,所有的节目已经彩排完毕,朱星吉一行人已经离开,而现场的工作人员还在布置,见他走进来,便说:"同学,排练已经结束,礼堂现在暂不开放了,你快回去吧。"

礼堂两边的大门都关上了。

余虓烈寻了一个角落坐下,脑袋低着,努力克制着自己想要去将人夺过来的冲动。

往后的路这么长,小葵花这么好,她应该与过去和解,应该得到救赎。

而他要做的,就是在这里等着她。

宋森赶到许家的时候，铁门开了一道缝隙，还能看见院子里头的人。他轻轻推开门，害怕惊扰了她们。

春田笔直地立在院子里，许冰葵从屋里搬出一把椅子，放在通风处，又走上前去将春田扶过来坐下。

星星已经攀上了如墨的夜空。

而祖孙俩在此刻相视，两双眸子里闪烁的光都要比星星璀璨。

春田伸出苍老粗糙的手，把许冰葵散落的头发轻柔地别在了耳后。

只是宋森走近了，却能看见她俩都通红的眼角，许冰葵尤甚，一双眼睛红肿得厉害，像是这三天什么都没干，光顾着哭了。

宋森恭敬地喊人："奶奶好久不见，我来看看您和小葵花。"

春田沉静地笑着，精神却不是很好，开口问他："开车来的吗？"

宋森点头。

她便又道："那麻烦你跑一趟，把小葵花送到学校去吧。"

许菏年也是这样跟他说的——"麻烦你跑一趟，去我家看看小葵花和奶奶。"

宋森什么都不知道，不多问也不猜，像个靠谱的大哥一样揽住许冰葵，揉了揉她原本就散乱的头发。

"得嘞，半个小时后又给您把人送回来！"

学校已经没什么人了，许冰葵下了车，看着漆黑的校园怔了怔，随后不管身后的宋淼，拔腿朝着大礼堂飞快跑去。

她到了那里，发现两扇门都已经落了锁，克制了一路的情绪一瞬间崩溃，一个响亮的哭嚎回荡在空荡的夜空中。

许冰葵站在紧闭的门前，低着头，用手紧紧捂住自己的眼睛，这几天跌宕起伏的情绪仿佛就要在此刻奔涌而出，悲伤与黑暗要一齐将她吞噬。

就在她憋不住要放声大哭时，左侧的黑暗中亮起了幽暗的手机屏幕光，过了几秒，响起一个好听的男声：

"蝉鸣、雪糕、夏日，还有哥哥，全在这里等你，快乖乖过来。"

许冰葵一怔。

这是她熟悉无比的声音，她的手机还躺在家里落锁的柜子里，这条语音她终于延迟收到了。

她张望着寻人，一回头，就在朦胧视线中，看到了自己熟悉的人。

余虓烈站起身来，蹲久了麻木的长腿不听话，差点让他腿软跪下，却依旧一步步坚定地朝她走过去。

到了近前，他伸手替她整理了散乱的头发。

他声音沙哑地开口："怎么这么晚了还跑过来呢？"

　　许冰葵又打了个哭嗝,轻轻扇动眼睫,两行热泪便止不住地滚落下来,灼伤了他的心。

　　下一秒,她带着小骄傲似的笑起来:"我给奶奶背……背台词,奶奶觉得小葵花……不结巴了,就让我……出来了。"

　　她说得简单轻松,可是余虓烈看着她红肿的眼睛,听着她沙哑的声音,心疼不已。

　　她吸吸鼻子反问:"那你……怎么还在这儿啊?"

　　余虓烈微笑:"我怕你勇敢地跑出来了,却找不到我。"

　　宋森哪知道,他这样被两位长辈"麻烦"来"麻烦"去,把许冰葵送到目的地却被她甩掉而迷路,他花了五分钟才找到人,却是将人送到了余虓烈手上?

　　事实上,正如余虓烈猜测的那般,春田发现了许冰葵的秘密之后,切断了家里的网络,没收了她的手机,趁着许菏年离开的这个假期,将许冰葵困住。

　　和许冰葵七岁那年被关起来"治"口吃时不同,春田并没有将门锁死,可许冰葵害怕刺激她,从未想过逃跑。

　　她只是守在奶奶房门前,起初只是苦苦哀求春田,最后像是证明自己一样,重复地背着旁白台词。

春田听着她一遍比一遍背得流利顺畅,心中惊奇欢喜,可她想起剧本手稿的那句话,她更害怕的是,许冰葵同许菏年一样,违背她、离开她。

余虩烈找来的时候,许冰葵趴在桌边睡着了,可一听见他在门外焦急的呐喊声便从梦中惊醒,在房间里来回踱步像只团团转的小兽。

春田看见她终于将门打开一条小缝,她想走出去,却在最后缩回了脚,瘫坐在地上,因为不敢出声,捂着嘴无声哭泣。

等人走后,许冰葵走到她的腿边坐下,小脑袋靠在她的膝盖上。当那滚烫的泪水打湿春田的裤子时,她一颗心胀痛无比。

她终于意识到了自己一直以来的错误。

一只大手摸上许冰葵的脸颊,她重重地拭去孙女两颊的泪水,道:"开门去吧。"

许冰葵惊喜地抬头,猛地站起来要去开门,可触到了门把又冲回来,一把将老人颤抖的身子抱在了怀里。

她在春田耳边轻声说道:"奶奶,我会一直在你身边。"

春田身体一僵,在她小小的怀抱中平静下来。

在许冰葵十七岁这年,在第二个小黑屋里,春田顿觉轻松,小葵花摘下了她给予的枷锁,而那一刻,她束缚自己半生的沉重枷锁

也同样消失。

次日清晨,一如往常般的,许冰葵一醒来便在自己床头发现了整齐的一沓衣服,看布料和颜色,应该是新制的。

她便抱腿坐着,看着那套衣服发呆,随后露出一个开怀感恩的笑——从小到大,她每天穿的衣服都是由春田选好了放置在床头,从裙子到搭配的发饰袜子,春田对她的照顾无微不至。

许冰葵两手捏住衣领一抖落,才发现这套裙子与她要上台要穿的是同一个颜色和样式的,只是裙摆绣上了芙蓉花和水纹,比她那套要精致好看许多!

她赶紧换上新衣,又发现原先那套腰间宽松许多,而这套腰间收紧,不大不小,完全是按照她的尺寸制衣的。

许冰葵内心一动,忽然恍悟过来,春田虽然阻止她,却在背地里为她做好最合适好看的衣服……

许冰葵跑下楼去,昨夜披星戴月回到家的许菏年正和春田两人在厨房里忙碌,她走近了便听见二人的对话。

许菏年还不知春田的态度,熬了一整夜的眼睛通红,生硬地问:"您是不是不想她演出?不想她出这个家门半步?"

春田低着头一言不发,等面前的三个碗都盛满小米粥后才道:"放心,我现在完全没有这个想法。"

她在要迈出去时,突然停下脚步,低声道:"我相信她。"

春田端着粥出来,才发现许冰葵站在外面,已经穿上了新衣,红色衬得她明媚娇柔。

春田多看了几眼,满意极了。

许冰葵注视着她,随后像只莽撞小鸟般扑进她的怀里,弄得她手上的小米粥都差点打翻。

许冰葵娇羞地抱住老人,在她颈侧小声说道:"谢谢奶奶,我很喜欢。"

许菏年看到这一幕,红了眼眶。

他轻轻咳嗽一声,将春田手上的碗端走,让她有空着的手去拥抱他们的宝贝,道:"下午我就带奶奶去你们学校,我们要当全校最积极的家长。"

## 第十章
### 我忘却了你,但是爱永不消逝

桑朵小镇另一边,余虓烈去巷口买了早点,一回来便看见余宝庆正坐在窗边,穿着背心熨西装。

余宝庆有的是老东西,都藏在老旧结实的红木衣柜里。

余虓烈在相册里看见过这件西装。

老爷子呵呵笑了起来:"这衣服,还是我结婚时买的。"

余宝庆貌似陷在了回忆里,脸上带着温柔微笑,许久,嘴上叹了口气,还是温柔,但是怅惘。

"我都快要不记得她了,只记得我去乡下找她,那么长的路,原先骑单车,后来就坐五路班车,但是奇怪,每次我骑单车和坐班车花的时间竟然一样长。

"后来我想明白了,那是因为我想见她,班车一路开开停停,别人要下站啊,没办法的。

"可我骑车骑得飞快,拼命地骑。

"有一次和牛车抢路,栽进了旁边的臭水沟里,她一边骂我一边哭,就是在乎我呢!"

余宝庆露出傲娇的表情,就像个被人爱着的毛头小子。

余虓烈只在相册里见过奶奶。奶奶是个小学语文老师,照片中的她被余宝庆揽着肩膀抱进怀里,那时两个人都很年轻,一个爽朗帅气,一个温婉娇羞。

余宝庆将西装穿在身上,跑到穿衣镜前欣赏,最后抚平下摆笑道:"嗯,还是一样帅气逼人!我要是今天去参加你们的演出,得压抢你的风头了小子。"

西装早就过时了,布料还泛着白,他也不再高大强壮,便显得西装空空荡荡的。

但余虓烈还是夸道:"对,您要这么穿了去学校,小姑娘们都会猜这是谁家时髦的帅爷爷呀,知道我是您乖孙之后,又会说,哦哟,真是基因筛选,越来越优秀。"

余宝庆脱下衣服,拿皮带轻轻抽他:"合着你跟我唠半天,就是为了夸你自己。"

余虓烈轻巧地躲过一击,把他的西装装进袋子里,又背上书包,嘱咐道:"爷爷您自个儿吃早餐吧,我现在去学校了,中午回来接

您啊!"说完,便一手搂着袋子,骑着单车奔了出去。

余虓烈到了青石巷才打电话给许冰葵。

几分钟后,许冰葵便开门走了出来,今天却不是直接和他一同骑车去学校,而是把他迎进了自家院门。

春田认出余虓烈是在活动中心里指挥全场的人,猜想孙女枕头下那个本子也是属于他的,一时心中五味杂陈,不知道是该谢谢他帮助自家孩子走出阴影,还是应该把他轰出院门。

余虓烈上前,恭敬道:"奶奶,麻烦您上午帮我把这套西装改个尺寸,下午我家老爷子就要穿去学校了。"

春田接过他手中的西装,问道:"量身了吗?"

余虓烈一愣,他真忘了这事:"您就按照一米七五小老头的尺寸改吧。"

春田摆手,让他们去学校,又道:"行了,中午来取吧。"

两个小孩骑车出门。许冰葵走之前还偷偷跑进厨房,装了两个糖饼才出来,一出门就将其塞进余虓烈怀里。

余虓烈咬着饼,嘴里甜心里也甜,问道:"小葵花还害怕吗?"

许冰葵摇摇头,开口时嗓音仍有些沙哑,语气却十足坚定:"不害怕,你们都相信我,我也相信自己。"

他伸手揉了揉女孩蓬松的头发，夸道："真勇敢。"

下午五点，学校正式开放了大礼堂，家长们陆陆续续地由现场同学带到指定座位，身穿旧西装的余宝庆便遇上了许菏年和春田，他们三位并排坐着。

余宝庆看看身边端坐着的春田，和自己年纪差不多的老人一身妥帖旗袍，银发在脑后绾成髻，像个从民国电视剧里走出来的书香人家的老太太。

他笑着道："您好，您家孩子也是高二七班的吧？"

春田看向余宝庆，一早就注意到了他身上的西装，此刻他穿着尺寸正合适。

春田点点头，扭回头去，而余宝庆却打开话匣子，嘴没停地跟她讲着自己孙子。

春田礼貌地笑着，却没有多大兴致回应他。

余宝庆看出来了，话也少了下来。

幸而此时演出正式开始了，校长致辞出人意料的简短，五分钟后便把舞台交给了学生们。

高二七班剧组一行人早就装扮好，正在后台紧张地手挽手，互相打着气。

朱星吉戴着厚实的假发套，满头金发，正是扮演谢逊。他双手叉腰，没心没肺道："好了好了，别整这出煽情的，演完了咱去吃串串，烈哥请客！"

大家也笑起来，连连叫好。

临上台时，余旎烈将一颗糖塞进许冰葵的手心，见她将糖纸攥得吱吱作响，轻声道："不用紧张，哥哥就在舞台下看着你。"

许冰葵注视着他，深吸一口气后重重点头，提着裙子上台了。

礼堂的灯光就此熄灭，观众们也一一噤声。

就在全场寂静的一刻，许冰葵朝气软糯的声音响了起来，舞台上方也应声亮起一盏灯，打在正中央。

"众人睁开眼，这才发现自己置身湖中央一处高台上，脚下是个八卦阵，阵中心站着一位红衣女子……"

主角进场了，旁白便停了下来；在关键时刻，温柔的声音又响了起来，带着成百上千的观众深入故事。

武林大会开幕，一个红衣小姑娘赤脚跑了上来，娇小的人儿在舞台连翻六个跟头，随后稳稳当当地停在了众人面前，摆出打拳的架势，腿高高地停在半空。

小姑娘意气风发地抬头,露出一张精致小脸,眼神却刚毅得很。

她一挥手,舞台又活了,身后的众人丢下手中兵器,随着她完成了一场酣畅淋漓的武术表演。

最后,为了夺得倚天剑,兵器相交,高台上乱成一团,身穿红白衣服的人抢过剑,看着台上人一个个掉入湖中,湖水也渐渐染成红色,突然响起一声断喝,将倚天剑掷下高台。

纷乱的音乐随之戛然而止,舞台也静止片刻。

众人趴在高台上往下探看,突然湖水高涨……

"将众人席卷进了漩涡,再醒来时,眼前一片漆黑,点灯一看,原来已经回到当初的世界。

"只不知是梦不是。"

收场时,全场观众站起为他们鼓掌,而中间立着的小姑娘收回动作,捏着裙角害羞地抿嘴,又悄悄抬头,朝台下最近的位置露出一个笑。

春田和许菏年对视,母子二人眼泛泪花,把余宝庆吓了一跳。

春田拿着手帕低头拭泪,在抬头时主动和余宝庆说话:"他们很棒,不是吗?"

余宝庆当然毫不吝啬地夸奖:"对!这舞台真不错,现在的孩

子们真是有无限可能。"

春田点点头，嘴角带笑。

两个小时后，校庆演出终于结束，校长在总结时称赞这是最为精彩的一次活动，而家长们也意犹未尽，却不得不往校外走。

天已经黑透了，演出的学生们要留下来合影，余虓烈来座位上将余宝庆带走。

而许蒨年见春田精神不大好，便打了电话给许冰葵，说他送春田回家后便来接她。

当春田被许蒨年搀着走至校门口时，她眼尖地看到人群中那件熟悉的西装时，她皱皱眉，可对方走得急，几步便消失不见。

春田想着或许他们爷孙自有安排，便没多说什么，上车后就闭目养神，因此也没看到路口处余宝庆独身一人站着，茫茫然不知往何处去。

等他们到家，许蒨年扶着春田往房间走，二人刚进屋，许蒨年的手机铃声便响了起来，他一接通，许冰葵在电话那头哭出声，哭声大得连一旁的春田也听见了。

许冰葵断断续续地说："爸爸，你快来……快来！烈哥的爷爷……爷爷不见了！"

他们对视一眼。

许菏年还没动作，春田赶紧拍他的背，急道："快去！快去！"

许菏年赶到桑朵一中教务处时，高二七班留下的同学们都拿着老人的照片成群结队地出去找了，马志远和其他几位老师留在学校。他们刚调取了监控，发现演出结束后余宝庆一人随着人流离开，出了学校的监控范围。

"出了我们的监控范围很难办，我已经和余虤烈的家长通过电话，最难办的是……老爷子有阿尔兹海默症，这是第一次发病。

"他们现在已经在赶过来的路上了，最快也得凌晨五点到，家里那边已经麻烦了邻居守着，一有消息就会打电话过来。"

马志远和许菏年单独在走廊上讲话，他看着楼下花丛边打电话的余虤烈，轻声说："余同学一直不知道爷爷的病，是老爷子让他父母瞒下来的，就想和孙子留在桑朵过段清静日子。"

许菏年喉头发干，拳头一下一下捶在墙上，说道："小余之前说，他回来是为了照顾爷爷腿伤的。"

他们正说着话，楼下的余虤烈却爆发了。

余虤烈一脚把旁边固定住的铁制垃圾桶踹翻，又踹了几脚将铁制的固定架踹断了。

他声嘶力竭地吼道："你们为什么不告诉我？你们凭什么不告

诉我？"

马志远和许菏年连忙跑下楼，而一直跟着余虓烈的许冰葵连忙上前拽住他的衣角，含着泪一脸担忧地看着他。

余虓烈回望着她，眼睛赤红，表情却倔强着，像只困在牢笼里的绝望小兽。

许冰葵喊他："哥哥。"

她颤抖的哭腔立马让他平静下来。

余虓烈便收回腿，深吸一口气，对着电话那头的余鉴平道："如果爷爷出点什么事儿，我永远不会原谅你们。"

马志远和许菏年走了过来，拍了拍他的肩膀。

余虓烈擦了下眼睛，一边径直往外走去，一边道："我去找旁边店家的监控。"

许冰葵也追了上去，两位大人也紧跟了上去。

他们四人刚出校门，便看见朱星吉举着手机正从远处往这边跑。余虓烈的手机也响了起来，他一接通，听见了朱星吉百米开外的激动吼声。

"打听到了，打听到了！烈哥你们快过来！"

余虓烈等人跑过去，跟着满头大汗的朱星吉进了路口的一家水果店。

店老板也一脸焦急，连忙说道："当时老人来我店里买葡萄，又问我去红藤要怎么坐车，我给他指了路，他听说九点就是末班车了，赶忙朝着新车站那边走了。"

店老板急得擦汗："我真没看出来老人生着病呢，不然我就把他留下了。"

马志远问余虓烈："老爷子去红藤干什么？"

余虓烈皱着眉，他只觉得这个地名耳熟，却想不起来，突然想到早上二人的对话，终于从记忆中搜寻出来。

"我奶奶以前在那儿教书！"

许菏年这时已经将车开了过来，在店门口狂按喇叭。余虓烈连忙冲出去，坐在了副驾驶上。

许菏年便载着余虓烈、许冰葵和马志远三人，向着红藤驶去。

余虓烈坐在车上，一边注意着窗外马路，一边回想着今天发生的事。

演出结束后，他第一时间就去了座位上，将余宝庆接到了后台，并且嘱咐老人再等二十分钟，他们便一起回家。老人再三答好后，他才走出去等待拍合照。

要是再多注意点爷爷，要是不离开爷爷就好了。

余虓烈心中无限懊悔。

其实余虓烈没出纰漏，只是余宝庆刚好犯病了。

他当时坐在后台的化妆椅上，看见镜子里自己一身板正西装，突然又想起第一次穿这身西装的时候，那时，他马上就要娶自己最心爱的姑娘……

余宝庆愣了一会儿，再回神时茫然四顾，周围空无一人，便急道："新娘呢？我的小橙儿呢？"

余虓烈的奶奶便叫程橙。

工作人员此刻都跑去了前台，没有人注意到老人的异常，他在后台摸索着，打开侧门走了出去。

外面人很多，挤着他往外走。

到了校门口，他抬头便看见了"桑朵第一中学"的牌匾，突然拍了一下自己的脑袋，嘴里嘟囔："哦，这个点儿小橙儿还在学校上课呢！这么晚了，我得赶紧去接她。"

他神色匆匆地走着，可小跑着到了路口，却不知道该往哪边走。

正在踌躇时，他看到旁边亮着灯的水果店，看到了门口摆着的一排紫葡萄，眼睛一亮。

他赶紧上了台阶，买了两大串葡萄后问道："老板，去红藤要在哪儿坐班车啊？"

水果店老板正好是红藤人，出了店门给他指路，道："往新建汽车站走，那儿就有去红藤的五路车。大爷您赶紧去吧，九点那趟就是末班车了。"

余宝庆便赶忙往店老板指的方向走，这一块正在开发，路灯和行人越来越少，路越来越黑，老人却还是不停脚步，紧紧抱着怀里的葡萄。

他经过一个废弃站台，走了几步后才止住脚步，倒退回来，眯着眼看着站牌上已经被风雨打磨得只剩淡淡痕迹的信息，看到"5路车"后，终于松了口气。

他看看手表，离九点还差几分钟，便在一旁坐了下来。可废弃站台的座位上溅满了黄泥，他屁股刚沾上便又抬了起来，心里想着小橙儿最爱干净了，又动手整理了自己的衣装，便站在那儿静静等待。

九点过两分时，他面前驶过一趟班车，却没有停下来。

他每隔一分钟便要看看表，嘟囔着："怎么还迟到呢！这不是耽误别人好事儿吗！"

他焦灼着，又为马上能够见到心上人而欢喜着。

他对路过的其他车辆无动于衷，只一心一意地，等待着一趟永远不会再驶来的班车。

余虓烈找到人时,已经九点半了,余宝庆蜷缩着身子蹲在站台旁边,在一阵阵凉风袭来时,颤抖着往后躲藏。

还因为害怕弄脏自己的衣服,腿麻了也不曾坐在脏乱的椅子上,又因为害怕错过车,眼皮再沉重也不愿就此合上。

余虓烈站在他面前,余宝庆仰头,混浊的眼睛里没有一丝波动情绪,问道:"你是谁呀?你也去红藤吗?"

余虓烈双目赤红,脱下自己的外套,披在他的肩上将其紧紧裹住:"您的小橙儿在家等您呢,她让我来接您,我们回家好不好啊?"

回去的路上,许冰葵和余虓烈一左一右护着昏昏欲睡的余宝庆,马志远在副驾驶座上跟何悦通话。

"对,人现在已经找到了,没有大碍,就是已经……"马志远朝后看了眼抱着老人的余虓烈,低声说着残酷的事实,"已经认不得人了,我们现在带老人去医院。"

"好,你们路上注意安全,不必再着急了。"

马志远挂断电话,又给学校打去电话,嘱咐留在教务处的老师将朱星吉等人送回家。

车内恢复一片安静,径直往医院驶去。

许冰葵握着老人的手，一天下来，她的情绪大起大落，此刻已身心疲惫，靠在椅背上恹恹的。

却在余虓烈看过去时，第一时间坐正了，朝他露出一个大大的笑容，但看着余虓烈的样子，她又心疼得红了眼眶。

她本就笨嘴笨舌，此刻更是不知道要如何安慰他。

这一刻，她无比怨恨自己的无能为力。

而余虓烈呢，他一手将老人揽在怀里保护着，眸子里映着对他露出笑容的许冰葵，他看着许冰葵的笑容，得到了片刻抚慰和安定。

余宝庆手松开，一直攥着的袋子散落开来，几串葡萄掉了下来，一颗颗小果实在车内爆开，烂熟的葡萄又爆开汁水，浓郁香甜的味道便在车内弥漫开来。

老人就此惊醒，看着散落一地的葡萄，挣扎着弓腰去捡，嘴里慌乱道："这是小橙儿最爱吃的葡萄，乡下买不到的，我要带回去给她。"

车内一时寂静无声，每个人都哽着喉头说不出话来。

折腾了大半夜，医院里，余虓烈向马志远和许菏年道谢又让他们回家休息，执意一个人留下来陪床，两位大人只好离开。

病房内的余宝庆刚刚吊完药水，正沉沉睡着。

他便坐下来趴在余宝庆的手边，静静看着老人的脸，不敢眨眼，另一只手紧紧地握住老人的手，害怕对方又走失。

可今晚发生的事太多，疲惫袭来，余虓烈便缓缓闭上了眼睛。

他睡着了也不安稳，梦里自己和余宝庆坐船游湖，他一个转身，船头的余宝庆便不见了，他急得一头扎进湖里，一边朝岸边的芦苇丛跑去，一边焦急地喊着余宝庆，却始终得不到回应。

芦花搔动着他的口鼻，他忍不住打了一个哈欠，就惊叫着从梦里醒了过来。

"爷爷！"

他连忙坐正，紧张地转头看向床上。

余宝庆正笑眯眯地看着他，一手举着衣角，分明是余宝庆一直拿衣角骚扰着他。

外头的天色已经大亮，余虓烈看了眼恢复精神的老人，松了口气，随后小心翼翼地喊人："爷爷？"

余宝庆一只大手揉乱他的碎发，又摸摸他的脸，眼中是散不尽的疼惜和骄傲。

就在此时，病房外面传来了余鉴平和何悦的声音，余虓烈起身准备出去找他们，手腕却被余宝庆给拉住了。

病床上的余宝庆仍用那种黏黏糊糊的眼神看他，嘴里轻柔地喊道:"乖孙。"

余觥烈站在原地不动,意识到他要说些什么自己不想听的话,想不管不顾地走开,可一分钟后又坐下来,静静地看着他。

"乖孙,昨晚吓到你了吧?"

显然余宝庆和余鉴平夫妇已经见过面了,并且恢复了神志,清楚地知道昨晚发生了什么。

余觥烈答非所问:"什么时候检查出来的?"

余宝庆捻捻手指,讪讪道:"去年五月份,后面摔伤腿我才告诉了你爸妈。"

病床前的少年抬起头来,像是受伤一样红着眼,问道:"那为什么不告诉我?"

余宝庆心中一痛,半晌才道:"我已经记不得我当时是怎么想的了,也许是想把你留在我的身边,陪伴我这不多的清醒时日。

"我不想在漫长的治疗中,把我的宝贝乖孙给忘记。请你……原谅爷爷的自私。"

余觥烈喉头一哽,始终皱着的眉头终于慢慢松开,俯身过去将散乱在老人脸旁的花白头发推至耳后,随后笑骂道:"您这个奸诈狡猾的老头。想让我一辈子记住您?"

余宝庆点头。

余虓烈轻声许诺:"我会的。"

余宝庆又握住他的手睡了过去。

片刻后,余鉴平和何悦开门走了进来,两人轻轻走至床边。

何悦上前将余虓烈揽在怀中,正要开口,余虓烈摇了摇头:"妈,有什么话我们回家了再说。"

在医院待了两天,余宝庆被安排着做了好些检查,前天的走失有惊无险,他平安无事,一点皮外伤都没有,只是第一次出现记忆紊乱,医生严肃地叮嘱他们,再不能让老人落单。

第三天出院回家,当晚家里年纪最小的人把三位家长召集起来,开了个紧急家庭会议。

余虓烈做开场白,少年脸上带着前所未有的严肃和认真,他的疲惫和悲伤却又隐匿得很好。

"我们——我,爷爷,爸爸,妈妈,我们一家人一起搬回市里。"

余鉴平和何悦对视一眼。他们的工作在外省,这十个月来他们一直在努力调整工作,可直到现在也还没做好最后的收尾,但是他们异口同声地坚定回答:

"好。"

接下来的几天,余虓烈都没有出现在学校里,班上的同学们都清楚五四青年节那天晚上乱糟糟的情形,他们唏嘘哀叹,情绪都不是很好。

尤其是朱星吉,整个人都不好了,每每看到余虓烈空着的座位,他都愁眉苦脸地走开,课间也不愿意出去玩耍了,就坐在座位上发呆,向余虓烈的微信号轰炸表情包。

他也怕打扰到处理正事的余虓烈,可发了第一条问候消息后没得到回复,知道余虓烈不常用微信后,便肆无忌惮了。

枯燥乏味的数学课变得更加难熬,他时不时地走神,满面愁容地看着余虓烈的座位,又在课桌下捣鼓手机,随后便被数学老师罚站,课后被拎着后领进了办公室。

数学老师原本想开导他,可带着他进了办公室却正好撞见了何悦。

何悦正坐在马志远的办公桌前,精致的妆容遮掩住这些时日的疲惫。她笑了笑,抱歉地跟马志远道:"不好意思马老师,我们很清楚频繁转学对孩子的影响,可您也清楚我们家里现在的状况,再把老人和一个即将步入高三的孩子留在这儿,我和他爸爸将每日都不能安心。"

马志远又问:"你们这次征求过余同学的意见了吗?"

何悦点点头，苦笑道："我们开过家庭会议了，一致认为将老爷子接回市里才是最好的安排，这样他才能接受更好的治疗。"

马志远再无话可说了，点点头，道："那他的转学手续，有需要帮忙的也可以随时找我。"

何悦站起来，真诚道："谢谢马老师，也谢谢您这段时间对余虓烈的照顾。"

她说完便踩着高跟鞋要离开，却在要跨出办公室之前被突然蹿出来的朱星吉拦住。

朱星吉泪眼汪汪，对着她求道："阿姨，我知道烈哥应该转学的，但是他离开之前我能不能再见他一面？"

他揉揉发酸的鼻子，说的话让在场的老师们都开始鼻子发酸，被少年们如珍珠般真挚的感情打动。

"我真的很舍不得他。"

何悦也愣住了，熬红的眼睛又红了两分，连忙从包里拿出纸笔，写下了自己家的地址，递给他，道："好孩子，欢迎你随时来我们家。"

拿到地址的朱星吉放学后便拦住了许冰葵，许冰葵扶着车同他一起走在马路上，连日来没表现出的悲伤终于要克制不住："他要转学了？"

朱星吉难过地点头,道:"我其实已猜到了,毕竟爷爷还得有人照顾,烈哥总不能休学在家照顾爷爷吧?"

许冰葵也点头:"我也猜到了。"

两人对视一眼,已经做好了同一个决定。

许冰葵便拍拍自己的车后座,催促道:"你快坐上来,我们现在就去找他。"

朱星吉咂舌,害怕自己这个吨位坐上去,连车带人都得翻倒,可许冰葵急得摇了几阵清脆的铃声,道:"快上来!"

朱星吉"噢"一声,视死如归地蹦上去,许冰葵便载着他稳稳当当地朝余虓烈家的方向驶去。

他们按照地址找到了余家。

院门没锁,余宝庆正站在葡萄架下打太极,另一个他们没见过的高大中年男人正蹲在水池边刷着一桶小龙虾。

余宝庆一扭身,看到了门口两个小学生站姿站着的人,他一眼便认出来,笑道:"哟呵,这不是女侠和'谢逊'吗!"

那个高大的男人也转过身来,看着两个人笑起来。

朱星吉和许冰葵连忙恭敬地鞠躬:"爷爷好!叔叔好!"

打完招呼,两人也不挪步。

朱星吉扭头看向许冰葵,小声地疑惑道:"这是烈哥爷爷吗?

怎么记性这么好？竟然还记得我们在舞台上的角色？不应该啊！"

余魟烈正拿着瓶料酒从外面走回来，听见他的话后伸手拍了一下他后脑勺，道："什么不应该？"

朱星吉捂着后脑勺蹦起来，正歪毛着，看清是余魟烈后便消了气，讨好地笑两声："嘿嘿，是爷爷很帅，我觉得烈哥不应该就这么一点点帅。"

余魟烈哼一声，放过他，随后看向一旁微微笑着的许冰葵，逗她："那小葵花觉得哥哥帅吗？"

许冰葵现在满心满眼皆是他，立即用力点头。

余魟烈便开怀笑着，把她牵进了院门："你打个电话给许叔，今晚留在我家吃饭吧，吃完了我送你回家。"

朱星吉跟在余魟烈身后叫唤，他不仅目光锁定了那桶小龙虾，鼻子也已经闻到了厨房里传来的香味了："那我呢？那我呢？我可以留下来吃饭吗？不会没有我的份吧？"

余魟烈笑着揽过他，道："放心，做好了一桌菜就等着你带小葵花过来！"

何悦听见外头的热闹，也从厨房里跑出来。

白天还化着精致妆容、一身高级职业装的人此刻穿着宽大T恤，罩着印有小猪佩奇的围裙，一手举着锅铲，看见朱星吉便笑："小同学你真来啦！余虓烈一听见你拦住我，要了我们家的地址后，就让我做好饭菜，说你今儿准来！"

朱星吉终于有点害羞，扭捏地说："哎呀，那多不好意思，我空手就跑来了。"

何悦挥挥锅铲，看着站在余虓烈旁边娇小乖巧的女孩，笑道："那也不是，你带来个漂亮小宝贝！"

漂亮小宝贝红着耳尖，乖乖地喊人。

"阿姨好。"

餐桌上有了朱星吉这个活宝，一顿饭吃得热热闹闹。

饭后，三个高中生坐在葡萄架下，何悦端着西瓜出来，放下后便回了房间，把空间留给了他们。

月亮就在葡萄架上，他们抬头便能从叶子缝隙中看到。

朱星吉啃着西瓜，情绪也随着凉夜慢慢沉下来，西瓜很甜，他却尝到了离别的苦涩。

他什么也没说，就如他同何悦请求的那样，他只是想再看一眼余虓烈，好好道个别而已。

因此他只在离开时抱了余虓烈两秒，轻轻地环住，又立即松开，安慰自己般说道"这也没什么大不了，烈哥还会回来，我们还会见面。"

余虓烈拍拍朱星吉的肩膀，真诚道："是，我还会回来，我们很快就会见面。"

朱星吉揉揉红眼睛，问道："我刚刚是不是太烦了？"

余虓烈敲了他一个脑瓜崩，拿出手机来晃了晃，道："没有，但是你以后要是再不好好听课，成天给我发几百个表情包的话，那就真是烦了。"

朱星吉笑起来，他叫的车已经到了巷口，他便一步三回头地看两人，打开车门后又回头贱兮兮地抛给余虓烈一个飞吻："等你回来哦，烈哥！"

说完，他便跳上了车，给余虓烈留下一缕汽车尾气。

朱星吉走后，余虓烈回房间拿了件衬衫，轻柔地披上了许冰葵的肩头。

披上他衬衫的许冰葵像是躲进了大人衣服里的小孩，整个人沉没在余虓烈衣服上的清爽的洗衣液味道里。

夜凉了，正好一阵清风吹来，许冰葵拢了拢衣服，余虓烈扶着她的粉色单车出来，拍了拍后座，等她坐上去后便载着她在巷子里游窜。

车铃声不停歇，"丁零当啷"一直回荡在老巷，惊起了好几户人家的看门小狗，嗷嗷叫唤着。

终于骑到了大街上，人声和车声渐渐多了起来，他们俩仍是不说话，很快便到了青石巷。

许冰葵嗫嚅着，想说很多，却全堵在了喉咙里。

余虓烈突然轻笑了起来，低低的笑声响在无人的青石巷中，惊动了许冰葵。

他长腿踩在地上，停了下来，回头看过去时对上了许冰葵惊慌乱颤的眸子。

许冰葵慌乱地低头，问道："怎么停下来了……"

余虓烈又开始笑，说道："你手别拽这么紧，掐住我的肉了。"

他一提醒，许冰葵便看到自己的手正放在他的腰间，因为一路太紧张，什么时候连衣服带肉地紧紧掐住了也没发现。

许冰葵连忙松开手。

余虓烈夸张地揉了揉自己的腰，她以为真把他掐疼了，抬头关切地去看，却撞进他含着浓浓笑意的眼睛里。

"不疼，骗你的。"余虓烈安抚道。

许冰葵有些气恼自己总是被他的小把戏骗到，跳下车来，拢着衣服朝前走。

余虓烈赶忙扶着车跑过去，和她并排走着。

终于到了许冰葵家门口,她又开始后悔自己方才为何不走慢点,钥匙已经掏出来,被她紧紧握在掌心,硌出一道道红印。

许冰葵回身看他,眼睛里是浓重的心疼,道:"爷爷会好的。"

余虓烈笑着回应:"嗯。"

许冰葵又道:"你转学回去,还要照顾爷爷,别有太大压力了。"

余虓烈点头:"嗯。"

"还有,冬天多穿点衣服,你后来买的外套都太单薄了。"

"嗯。"

她动了动嘴唇,像是还有话要说却及时闭了嘴。她已经为他想到冬天的事情,却只字不问他何时能回来。

"嗯!"许冰葵也点点头,只是脸上挤出的笑容实在勉强,她自己也意识到,便匆忙低下头,挤开余虓烈,伸手接过自己的单车,想要离去时,一只大手突然握住了车把,她的脚步和单车便一齐停了下来。

少年低沉的声音在她头顶响起,他问:"你说完了?"

许冰葵闷闷点头。

"那该我来说说了。"

余虓烈把车又抢回来,踢下撑脚架,待车停稳后,一把将许冰葵抱起,将她放在车座上。

许冰葵一声惊呼,又怕惊动了家人和四邻,赶忙拿手背捂住了嘴,而她一挣扎单车便摇晃起来,余虓烈一条长腿抵住单车。

他低下头,两人的视线现在呈一条水平线。

许冰葵呆愣住,不敢再动。

余虓烈轻轻笑了笑。

"你……你要说些什么?"许冰葵声音中带着婉转的哭腔。

余虓烈便道:"我要说的可多了,小葵花要用自己聪明的小脑袋瓜记下来。"

许冰葵泪汪汪地点头。

"第一,放学你也要结伴回家,但同伴得是女孩子。"

"嗯。"

他语气幼稚,还用空闲的手来掰手指。

"第二,午休时间不能偷偷跑去看武侠书,而不吃午饭。"

"好。"

"第三,要养成好的阅读习惯,每天都要找我聊聊你看了什么书。"

"这……行吧。"

余虓烈一条条数过来,嘱咐的全都是日常琐事,她便一条条答应着。

"第十,也是最重要的一条……"

说到这里,他突然正色起来。

许冰葵便也郑重地看向他,下一秒听见他含笑的声音在耳边响起:

"七月我家的葡萄就要熟了,你想吃吗?"

夏夜的星星落在两人的眸子里。

夜风吹来,她身上披着的少年的白色衬衫微微鼓动,她的手又不知何时不自觉地攥住了他腰间的衣服,事实上这一次也同样掐住了他的肉,但他不会蠢到开口打断。

女孩终于露出好看的笑来,重重点头,欢快地答应:"吃!"

许冰葵终于被放进屋了,在院内停好车,将身上的衬衫脱了下来,叠好藏进了书袋里,便跑进屋去和春田打招呼,在许荫年的询问声中又轻盈地跑上楼去。

她走到窗边,想把窗帘拉上,走近后低头一看,院外还立着一道高高的身影。

像是有感应般,余虓烈也抬起头来,两人对视着皆露出笑容。

余虓烈高高举起右手,挥动着抵在耳边,随后转身离开。

他一路沉默着回到自己家中,此刻的心情在余宝庆发病后却最为轻松,转头看着葡萄架上茂盛的枝叶,走到一串闷青的葡萄底下,偷偷摘了一颗塞进了嘴里。

未成熟的葡萄在他嘴里爆开汁水，又酸又涩，激得他五官皱起，嘴里的味蕾全部打开。

他干了件傻事，低低地笑出声来。

此时他独自看着枝叶下藏着的一串串青涩葡萄，另一条巷子里的某扇窗边，有一个人看着他离去后的街道，和他一起许下心愿。

今年夏天的葡萄，拜托早点成熟吧。

周一，高二七班的同学们一进教室，便发现原本那张靠着讲台堆满书本的课桌一时被清空了，而马志远也在早读时失落地向大家宣布了余虓烈已经转学的消息。

众人再看朱星吉和许冰葵，却发现他们俩神色自如，应该是早就知道了这件事情。

其他人伤心一阵，又很快地投入到更加繁忙紧张的学习中去了。

而一向上课最为认真的乖学生许冰葵此时却在桌兜里玩着手机。

"哥哥，你送我的书呢？被你一起收走了吗？"

她有点委屈，下一秒却又开心起来，因为收到了对方的消息。

"报告，我已成功地将这些重要情报送走，并在小葵花道馆与线人许叔碰头，对方表示一定会将它们妥帖保管。"

许冰葵收起手机来,几分钟后它却又开始振动。

正在前往市里路上的余虓烈问道:"乖乖没什么对我说的吗?"

许冰葵偷偷回复:"哥哥一路顺风。"

## 第十一章

"亏我这么喜欢你!" "是,葵葵这么喜欢我。"

又是一个明媚夏天,余虓烈在市里拿到驾照当天,开着车直接回桑朵镇。

出发前,他在名为"余虓烈全球后援会"的微信群里发起了共享实时位置,很快便消息提示音"叮咚"不断。

星吉星吉,我一定行:"啊啊啊啊啊!"

星吉星吉,我一定行:"烈哥什么时候到!我等已经设酒杀鸡作食,就等着你荣归故里了!"

余虓烈挑挑眉,他高考拿下市里的文科状元,也勉强算作荣归故里了。

他回复道:"不堵车的话,两个小时后就能到。"

朱星吉发来一个干杯的表情,道:"那咱就等着你了!"

余虓烈看着群内另一个一直沉寂的头像,点击进去直接发送了

一条语音消息。

"呼叫小葵花,你现在在哪儿?"

两分钟后,那个粉粉小兔的头像顶着一个红点跳上了他的置顶对话上。

粉粉小兔也发来一条语音,软糯的声音带着雀跃,轻轻喊了一声哥哥之后,乖巧地说道:"我在理发店呢,陪荔子来烫头发。"

兆荔子在手机那头大叫着让她别逃,仿佛正指挥着理发师给许冰葵也做了发型。

他还想说什么,可车已经驶进了高速路口,便不再看手机,目视前方专心开车,心中又期待着这次漫长的假期,重新谋划了一遍自己的计划。

他高考完便开始在市里练车,花了一个月时间通过考试,之后又陪着余宝庆在山里的疗养院待了半个月,朱星吉催他回来参加谢师宴,他还纠结着,想陪余宝庆多待几天。

余宝庆虽然已经忘了许多事,人却很清醒,一脚把他从躺椅上踹翻,惊起了一片栖在树上乘凉的山雀。

"赶紧回去吧,我已经打电话让你爸赶过来了,我再在这儿享受几天,过几天也回桑朵了。"

山间的风如溪水般清凉,余宝庆在藤椅上翻个身闭上眼,树叶阴影影影绰绰打在他的脸上，风也将鸟叫声、溪流声、落叶声刮进他的耳朵里，有人走近了，他便感觉到自己额头被轻轻一吻。待那人转身后，他才忍不住偷偷笑了。

两个小时很快便过去了，余虓烈开车直奔聚会地点。

而这时他的微信又弹出一条群消息，兆荔子在"小葵花全球后援会"里发了一张照片。

余虓烈没空手点开，便无视了她。

"小葵花全球后援会"——这是他们的一个小群，是高考后兆荔子抢先创办的，拉了其他三人进群后，立马自封为第一会长。

朱星吉觉得十分好玩，又建了另一个群，原本还是四人组合的，可兆荔子进群一秒立刻便翻着白眼退群，在另一个群里疯狂辱骂朱星吉。

"两个群的群成员都只有我们四个人，那还要另一个群干吗！"

"再说了，我才不愿意加入余虓烈的后援会呢！"

"小葵花才是我的 one pick（最喜欢的）！余虓烈是我可恨的情敌！"

余虓烈心里想着这些好玩的事儿，很快便到了聚会地点。

他停好车，站在酒店门口背对着大厅，低头拿着手机想给许冰

葵打电话。刚一拨号，酒店大厅里便跑来一个人，他闻声侧身想要避开，而对方好像没想到他会在这时转身，一个小小的人儿便莽撞地冲进了他的怀里。

对方速度实在太快了，余虓烈未见其人，只感觉到怀里多了香香软软的一团。

他的手还扶在对方腰间，赶忙松开，低头却只能看见一个栗色鬈发小脑袋，还能闻到清新的洗发水味道。

余虓烈皱着眉，刚想退后几步，那个小脑袋便在此时抬了起来，明明因为这个意外拥抱羞红了耳朵，却还对着他毫不吝啬地露出一个最甜美的笑容。

"哥哥。"

余虓烈看着那张小脸愣住了，动作却很快，大手又迅速搂住了她的腰，怕她逃跑似的把人抱得更紧了。

眼前的许冰葵彻底变成了一个好看的洋娃娃、精致的小公主。

一头半长的栗色鬈发，披散在她的锁骨上方，刘海因为跑动散乱，露出了干净的额头，那双眼睛被衬得更大了，又因为兴奋更添了几分明亮。就这样被那双眼睛水汪汪地注视着，余虓烈的心跳便乱了几分，放在她腰后的手不自觉地轻轻摩挲着。

她貌似也感觉到了作乱的手，耳尖越来越红，却也不躲。

余虓烈伸手抚摸她的刘海，看着她越显精致的小脸，在她耳边沉沉笑了出来。

一年不见这人已经毕业又成年了，说的话更加过分了几分。

"一年不见，乖乖学会投怀送抱了？"

许冰葵光是听见这个称呼便受不了了，小脸蛋都熟透了，感觉自己像是刚从桑拿房里走出来，又有点飘飘然的，要不是余虓烈还搂着她，她或许能飘到天边。

这个称呼，他从离开那天便开始偶尔这样喊她，但从来都是出现在文字里，许冰葵偷偷幻想很久了，但没想到第一次听到，他便这么犯规。

她突然意识到自己方才的确能算作"投怀送抱"了，赶忙红着脸要从他怀里出来。

可余虓烈哪会这么轻易放过她，手臂又收紧了几分，她小手便紧张地攥紧了他的衣服。

两个人还搂抱着站在酒店门口，高大帅气的男生和精致羞怯女孩的搭配十足吸睛，一般人都偷笑着围观，可偏偏有人不解风情。

"烈哥！"

朱星吉看见微信里共享实时位置的两个点已经成功会合，赶忙跑下楼来，第一眼便看到了熟悉的高大身影，连忙扑了上去，一声

喊叫响彻云天。

余虓烈……怀里抱着一个,是他的小宝贝,后背趴上来一个,是他此刻想拽进酒店卫生间暴打一顿的人。

果然下一秒,他的小宝贝便挣脱了他的怀抱,站在一边捂着嘴偷笑。

朱星吉把他越抱越紧,嘴里还胡乱说着:"好想你好想你好想你呀我的烈哥!"

余虓烈哭笑不得,只好双手高高举起做投降状,朱星吉不知死活地抬头看他,问道:"烈哥,你想我吗?"

余虓烈捏一把他因为高考瘦了几分的脸蛋,脸上的笑容阴森了几分,说道:"我想打你。"

朱星吉这才看到旁边的许冰葵,连忙弓起身子,又双手合十举过头顶,边后退边朝两人道歉。

"对不起,打扰了。"

余虓烈牵过一旁的许冰葵,拉着她一起上楼。

许冰葵红着脸,却一直仰头看他,甜甜笑着。

她拽拽余虓烈的衣袖,他便立即侧过身子低下头,耳边被她细微的呼吸吹拂着、灼烧着,随即他听见了世间最美妙的声音。

"哥哥,我也好想你。"

他想听的话，她说出口，便是世间最美妙、最打动人心的。

到了九楼，他们一出电梯便遇上了从洗手间里出来的马志远。马志远抬头看见来人，脸上的笑意多了几分，赶忙上前拍了拍余虓烈的肩膀——他一向很喜欢余虓烈。

"好小子。"马志远眼中还含着热泪，想问他许多，最后只是说，"真好，今晚陪老师喝几杯！"

余虓烈连忙叫好，朱星吉在旁边煽风点火："今晚一人敬您三杯，让您喝个痛快！"

几人笑着进了包厢。

在座的同学们看见余虓烈也兴奋许多，一时全都围上来，可关系也没有那么亲近，只围上来仰着头激动地看他。

他高二那年家里出事，离开时正好是他在班上最有威望的时候，同学们没来得及和他道别，因此心中都怀着惦念。

此时一个圆乎乎的爆炸头冲了出来，跑上前就捶了余虓烈一拳，爆炸头一抬头，脸上两抹酡红。

余虓烈实在没认出这人是谁。

对方便眯着眼睛，嘴里含混不清道："余虓烈，你是不是回来跟我抢小葵花的？"

好了,她一开口就知道是谁了。

余虓烈看了看她蓬松的头发,疑惑的眼神看向许冰葵。

许冰葵在一旁偷偷笑着点头。

高考后必做的事情——烫发、旅游。

兆荔子拉着许冰葵去理发店,半路上看到时装店里宣传海报上顶着爆炸头的女星,立马拍着大腿要做这个发型。

她把许冰葵收拾得漂漂亮亮,自己彻底放飞变成了爆炸小旋风。

兆荔子一杯倒,一来酒店便和同学们划拳喝酒,被灌了好几杯,此时已经晕晕乎乎的,却还记得冲上来质问"情敌"。

而可恶的"情敌"就算她喝醉了也不放过她,低头用只有两个人能听见的音量玩味道:"是哦,我就是来带走她的,再把她藏起来,让你不能打扰我们。"

马志远带着众人入座,余虓烈说完便松开兆荔子的手走至一旁。

话音刚落,只见兆荔子满面通红,像是听见什么了不得的话一般直直地杵在原地。

许冰葵过来扶她,她便张牙舞爪地朝余虓烈扑过去,幸好被许冰葵拦腰抱住了。

余虓烈还在一旁笑,没想到下一秒引火烧身。

兆荔子喝晕了说话更大胆,把许冰葵拉走,远离余虓烈来到了一个安全角落,附在她耳边说道:"他很危险。"

许冰葵:"?"

兆荔子瞪着余虓烈,通红着脸说:"他说他要囚禁你。"

下一秒,许冰葵和兆荔子一起瞪着余虓烈,整个人也慢慢变成了粉红色,拉着兆荔子赶紧跑开,找了张桌子坐下。

余虓烈有点蒙,连忙追上去坐在了许冰葵旁边,但是她一直低着头。

他问:"兆荔子跟你说什么了?她喝醉了,说的都是胡话,你别听她的。"

兆荔子耳朵尖,听见余虓烈污蔑自己,连忙起身大声反驳:"你不是说……你不是说要把小葵花藏起来吗?这不就是囚禁吗?"

她这一嚷嚷,全包厢的人都听见了,全都用震惊的目光看着余虓烈。

兆荔子说完,彻底醉倒了,一屁股坐回椅子上,趴在满是佳肴的桌上睡了过去。

而许冰葵无地自容,恨不得钻到桌子底下,或者也将自己灌晕,晕了就不用面对这种场面了。

她通红着脸腾地站起来,想要跑出去:"我……我……我出去……出去透透气。"

明明她早就改掉了口吃的毛病，此刻却被激得比任何时候都结巴。

而就在她转身准备离开之时，一只大手轻柔地拉住她的手腕，她一低头，余虓烈正笑得无比明媚。

在她羞得快冒眼泪之前，余虓烈终于起身。

他牵过许冰葵的手，温柔却又不失强硬地摊开她的手，与之十指相扣。

在众目睽睽之下，满足了大家开心吃瓜的愿望。

他笑得不可自抑，轻飘飘却认真地解释道："我说的是……想把你藏进我心里。"

他牵着许冰葵的小手放在自己胸前，眸子里满溢温柔春风。

许冰葵陷进去，不舍得脱身，越陷越深时，便听见他又在耳边说："哦，心里早就有你了。"

包厢内一片哗然。

同学们直击表白第一现场，一个个都疯了似的哇哇乱叫。

朱星吉坐在他们对面，此时竖起大拇指，脸上洋溢着的是老母亲般的笑容："我烈哥就是牛，告白都这么强势！"

马志远重重咳嗽一声。

许冰葵反应过来，慌乱地转头看到众人的玩味目光，连忙挣脱，可余虓烈牵得牢牢的,像火热的铁钳一样,不放开她,灼烫着她。

他牵着许冰葵落座,挑眉笑着问道:"怎么,高考都结束了还不准我追自己心里的姑娘啊?"

马志远活了几十年,大风大浪全都经历过,此时被小年轻腻腻歪歪的情话臊红了脸,赶紧喝了一口水免得自己血压上升,摆摆手道:"嗨,什么准不准的,不准你们也拉上小手了。"

许冰葵听见,低着头挣脱得更厉害了。余虓烈连忙安抚,拇指在她白嫩的手背摩挲两下。

许冰葵的脸更红了几分,却也安定下来。

于是他对着大家竖起食指放在唇边,小声笑道:"正培养感情呢,她这是害羞了。别把我的葵葵吓跑了。"

谢师宴上被醉酒的兆荔子一通乱搅,余虓烈又没脸没皮地顺势表白,那天许冰葵脸上灼烫的温度一晚上都没能降下来,她滴酒未沾,却感觉自己要飘到天边了,脑子里一团糨糊,还是火热滚烫翻腾着的糨糊!

第二天早上,她在被窝里一个翻身,昨晚发生的事情走马灯一样在脑海里不停重复上演着,她彻底惊醒,大叫一声躲进了被子里,在酷暑时用薄被将自己盖得严严实实。

幸好许菏年和春田都已经出门,没人能够看到这张红到滴血的小脸,还有后知后觉盛满缱绻的眸子。

老练的人一看,便知道她这是恋爱了,喜欢一个人可以藏在心里,可在她想起对方时,眼睛里的温柔和脸上的欢喜是如何都藏不住的。

她羞极了,恰好手机铃声响起,把她惊醒,看着屏幕上不断闪烁的始作俑者的名字,咬着嘴唇按了挂断键。

她就这样消失了三天,余虓烈也不催她,直到朱星吉给她发来微信消息。

"小葵花,烈哥爷爷回桑朵了,我们明天去他家看看爷爷吧!"

今年的葡萄早成熟了,在月光下像一串串紫宝石,熟透的甜腻香味充斥着小院,又像是那年晚上,他们三个坐在葡萄架下乘凉。

余虓烈拿来剪刀,剪下葡萄藤上最熟的几串,洗过后放在了小石桌上,推到了还害羞着不愿理他的女孩面前。

朱星吉已经塞了几颗进嘴里,一阵风吹来,舒服得倚在藤椅里喟叹:"嘿嘿嘿,能吃到烈哥亲手做的饭菜,亲手切好的西瓜,洗好的葡萄,这样的晚上也太美了。"

余虓烈无情道:"你这只能算蹭。"

朱星吉又从许冰葵面前的盘子里偷摘一颗葡萄,笑眯眯地打趣:"我当然知道你的'亲自'可不是为我。"

余虓烈轻嗤一声表示他还算有自知之明,转头又把葡萄朝许冰葵推近几分:"葡萄熟了,不吃葡萄吗?"

许冰葵一个晚上都躲着他,此时却悄悄抬头,和他对视一眼又赶忙移开视线,红着小脸伸出一只小手,摘了一颗塞进嘴里。

酸甜带着青涩的味道在口中爆开,是他们约定之下,每一个带着期待盼望的独有的夏天味道,她偷偷看了眼余虓烈,见他没再看自己,又偷偷地抿嘴笑了。

殊不知余虓烈一直用余光注意着她,见她这般可爱,伸出大手揉了一把她的发,心里想着,那天晚上果然把人吓到了,但他的葵葵幸好没跑。

许冰葵正想躲开,朱星吉突然惊喜地喊一声:"爷爷!"

余鉴平牵着余宝庆正从屋里头出来,许冰葵连忙站起身,把自己的藤椅搬到空旷处,让给爷爷坐了。

朱星吉在一旁嬉笑着讨老人欢心:"爷爷一回家就去睡了,都不想着先看看小狮王吗?"

余虓烈损道:"小金毛。"

朱星吉瞪一眼他,"金毛狮王"这四个字一拆分,一个是狮子一个是狗了。

余宝庆四点多才回到桑朵,体力不支,前脚回房睡觉去了,后脚朱星吉和许冰葵便来了,吃了一顿饭,便留在这儿等爷爷醒来。

此时余宝庆拉住了许冰葵的手,他睡得迷迷糊糊的,转头便跟余虓烈说:"呀,这小姑娘是何悦吧?"

许冰葵以为余宝庆发病了,不敢动弹,惊慌地看向余虓烈,却见他笑得欢喜,开口解释道:"何悦是我妈妈的名字,他把我们认成我爸妈了。"

她刚松口气,想要开口向余宝庆解释,下一秒余虓烈便凑上前来,在她耳边轻笑道:"下一句爷爷就该问我们打算什么时候结婚了。"

果然,不等她反应过来,余宝庆便笑着拉过余虓烈的手,又把许冰葵的手放到他顺势摊开的手心里,问道:"打算什么时候和我们家这臭小子结婚啊?"

许冰葵脸腾地涨红,想蹲下身和余宝庆解释,可她一只手被余虓烈紧紧握住,挣脱不开。

正胶着之时,余鉴平从厨房热好饭回来,听见这话,连忙高声反驳:"嗨!爸,两个小朋友还小呢,大学毕业了咱们再谈婚论嫁。"

"叔叔……爷爷……这……"

许冰葵眼睛都被羞红了,升腾着水雾的眸子在众人含笑的脸上转了一圈,最后急得用另一只手捶了好几下余虓烈的胸口,声音颤得厉害:"你快……你快解释一下呀!"

余虓烈第一次看她跳脚的模样,挨了捶打的地方却被爱意塞得满满当当,只想将她抱个满怀。

见她实在羞得厉害,他低头说道:"对,我是要解释一下,我还在追求你呢,对不对?"

许冰葵脑袋里乱糟糟的,只听他一本正经开口,却没仔细辨认他说的话,以为他真的好心帮忙,连忙附和着向众人道:"对对,他还在追求我呢。"

她还未反应过来自己说了什么,余虓烈的脸便又凑近了几分,轻笑的声音低低沉沉,像葡萄酒一样醉人,他一开口,许冰葵便不挣扎了,忘记了身旁所有人,便听到他说:"那你打算什么时候答应我的追求啊?"

后半句话他用的气音,只有怀里的人儿才能听到。

"就今晚,好吗?"


最后在回家的路上,许冰葵都羞哭了,一个人低着头快步走在前面,全然不顾跟在她身后像是悠闲散步的人。

她想着余虓烈两次都在众人面前说让她这样害羞的话,明明只是分别一年,回来后却像是变了个人一样,只想看她出糗逃跑。

她有点委屈,没忍住打了个哭嗝,这才把身后人唤了过来。

余虓烈几步走了过来,很快便握住了她的手,低头凑近看到她粉红的眼角,说出口的话不知是气人还是哄人:"怎么啦?谁欺负你了,跟哥哥说说。"

许冰葵闻言瞪向他,可那双小兔子一样无辜的红眼睛却丝毫没有威慑力,她道:"你变了。"

余虓烈问道:"哥哥怎么变了?"

他轻叹一声,十指相扣时剖白内心:"哥哥喜欢你。"

可许冰葵气得晕乎乎的,注意力被传来的歌声吸引走了。

旁边的店里放着老歌,女声深情几许,用浪漫的好听粤语唱着:

……

来日纵是千千阕歌,

飘于远方我路上,

来日纵是千千晚星,

亮过今晚月亮,

都比不起这宵美丽,

都洗不清今晚我所想

……

歌还没听完呢,余虓烈揉揉她红红的眼角,带点冰凉的手指摩挚着她眼尾,将她的思绪带了回来。

余虩烈这才发现她走神了,一时笑出声,问道:"你听见哥哥说什么了吗?"

他一口一个哥哥,仍然是戏弄她的样子,可她仰头与之对视时,看到了他眼里闪亮的千千晚星,一下便泄了气,将心思委委屈屈地说出口:"你怎么老是戏弄我呢?亏我这么喜欢你……"

她最后那句话轻之又轻,完全是无意识说出来的,可余虩烈听见了,眸子里的星星也生动了起来,迷住了她的眼。

余虩烈欢喜一笑,双臂一张,终于把她藏进了自己的怀里。

带着葡萄味的吻亲在她的耳垂上,撩人的声音传进她耳朵里,让她再也没有机会分心听下一首歌。

"是,葵葵喜欢我。"

他喉结上下滚动,汹涌澎湃的爱意再也遮拦不住,又亲吻一口她的栗色发顶,珍惜万千:"我也最喜欢葵葵。"

许冰葵在他怀中轻颤着身子,意识回笼,却不再那么羞窘。

她环抱住少年精瘦的腰,被吻过的耳垂红到滴血,仍然仰头偷偷看他。

余虩烈再低头时,葡萄的味道瞬间将她捕捉,唇分之际,他腰间的小手还紧紧揪住他的衣服,像一年前那样,仍然揪住他一小块肉。

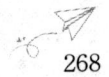

他轻轻笑出声来。

月色浓厚,万千星星在如墨天空上闪烁。

余虓烈抱着怀里的珍宝,一刻都不想撒手。

他脸上是得逞的笑容,又计划着,今晚她答应了他的追求,果然大学毕业之后就可以结婚!

他满脑子都是这些俗事,可许冰葵窥见月光,猛然想起去年那个带着分别意味的苦涩初夏,两人约定好葡萄成熟的七月就见面。

可再见面时才刚刚六月,她带着一身疲累回到青石巷,夜幕四合,穿着白衣的少年不知从哪里冒出,跳到她的眼前,手中捧着一碗还是青黄的葡萄,笑得有些难为情。

"今年的葡萄死活不成熟,可我等不及想见你。"

如今这个重逢的盛夏,再见面时他们已经各自长大,成为自己心中最好的模样。

葡萄也熟了,她的心上人便顶着满头星光月色,将她抱个满怀,和她接了个葡萄味的吻。

许冰葵又想到自己许下的两个愿望。

一是年年冬夜同他看落雪,赏烟花。

二是夏天的葡萄早点成熟,她心爱的少年便能早点回到她身边。

现在她悄悄握紧对方的手,在他怀里蹭蹭发红发酸的鼻尖眼角,娇娇地喊他哥哥，第一次有些任性妄为道："我们去放烟花吧。"

余虓烈化身亲吻狂魔，看着她的粉嫩小脸，哪儿都想亲上一口，留下自己的印迹，让所有人看了都能知道，世上最美好的姑娘属于他。

他一口答道："好！"

许冰葵的眼睛便笑成弯弯月牙儿，里头也盛着一汪春水。

说好葡萄成熟再归家，可他一刻都等不了想见她。

如今在夏夜里放烟花，没有落雪，但是满天繁星眨着眼睛。

和他在一起，做什么都是心动的事情。

不论冬夏。

【正文完】

## 番外一
### 秀妻狂魔余虓烈

炎炎夏日,太阳高高挂在天空,晒得最后一丝云都散了。洛大校门口左侧搭了几个小棚,是新生入学指引处。

下午天气热得不行,守在棚里的学生也被晒得无精打采,趴在桌上连说话都有气无力。

这时一阵行李箱的轱辘声响起,由远及近,高添用手肘推了推同伴胖哥,说道:"你去。"

胖哥转个面,呼噜声响起,早在什么时候便睡着了。

高添无法,那人的行李箱都推到他眼前了,他心里一边辱骂胖哥,一边站了起来,刚仰头看清来人的脸,便愣在了那里。

"你好。"

眼前的女孩穿着一身粉色的小旗袍,一头栗色长发,汗湿的刘海散乱地贴在了额角,因为一路推着行李,现在脸蛋粉红,眸子里也含了一汪水波,微微张着水润的唇……

整个人看着又甜又乖,高添的瞌睡一下子就跑了!

"你……你好,有什么需要帮助的吗?"

"我能在你们这里歇歇吗?待会儿我朋友会来接我的,天太热了。"女孩指了指一旁的大风扇,不好意思地笑了笑。

高添连忙往后退一步,手忙脚乱地带翻了两条塑料凳子。胖哥被吵醒,闭着眼骂他一句,可转了个面儿,又继续睡了。

女孩笑了笑。

高添便有点窘迫,给她搬了条凳子放在风扇前。

"谢谢。"

她道谢后便不说话了,把粉白色的书包放下来,抱在胸前,一双大眼睛不停地往四周看着。

风扫过来时,她的长发便被微微吹动,像拂在高添心口上。

他咽了咽口水,看着对方精致好看的小脸,发誓绝对不能错过这次机会,便拿了瓶水凑到她面前。

"学妹,你是哪个系的?"

"中文系。"

"好巧,我也是!我叫高添,你叫什么名字?"

桌上放着一块牌子,写的就是中文系。

她礼貌道:"我叫许冰葵。"

"小许学妹,要不我直接送你去宿舍吧?"高添看了看表,还有两个小时可以收摊,但他决定见色忘友一次,"正好时间到了,我也要回去了。"

上了两年大学,许冰葵虽然话比以前多很多,却被某人"特意"养成了直女,不假思索便道:"那你先回去吧,我在这里等就好了。"

高添挠挠脑袋,有些尴尬地继续道:"那我也留下来吧。"

这时,远处出现一个骑着单车的身影,许冰葵眼睛一亮,盯着那个慢慢变大的身影挪不开眼,偷偷抿嘴笑了起来。

高添没注意到,拿出手机,问道:"能加个微信吗?同一个系的,以后你遇上什么问题还可以找我。"

他话音刚落,一声清脆的铃铛声便响在耳边,还有一声急促的刹车声。

许冰葵抱着书包站起来,刚想走动,一只大手突然横过来,把书包取走了。

高添的视线顺着那手看过去,看清头发汗湿的高大青年的脸后又愣住了。

"学……学长?"

余虓烈径直把书包挂在胸前,他上大学后身高又蹿了几厘米,一米八七的人背着个小巧粉色书包却毫不违和，又露出个笑容，问道："要不要我们来加个微信呀？"

虽然艳阳高照，可高添觉得背后吹来一阵阴风，看看对着余虓烈笑弯了眼的许冰葵，硬着头皮道："不……不用了……我们有加微信……"

他这是做了什么！公然撬学长的女友！

余虓烈便上前牵过许冰葵的手，又把她拉到棚里继续蹭风扇。

他像换了个人似的，动作轻柔地给她扎起头发，语气中全是宠溺珍惜："热坏了吧？让你在家多待两天，我办好事回去接你。"

大三开学，学院有一场迎新晚会，喊了余虓烈提前返校，准备晚会上的代表发言，他刚刚便是结束彩排才匆匆跑来。

许冰葵的红润脸色刚刚吹了许久的风扇才吹散了些，但和他在外面有这样的亲密举动，脸还是不争气地被熏红几分。

余虓烈给她扎了个高马尾，露出一截雪白的脖子，一旁的高添看都不敢再看一眼，只听见他压低了声音说："乖乖，想我了没？"

谁能想到余虓烈每次晚会必定出现在舞台上，一脸冷酷颇有番叱咤风云的模样，竟然会在公众场合说情话！

完全像是诱哄学妹的浑蛋啊！

许冰葵脸又红了几分,羞窘为难地拉着余虩烈的衣服,看了眼高添,示意他旁边还有人在。

可余虩烈趁高添低着头,路上又没有人,直接把许冰葵拉到面前,亲了亲她的额头,又低沉着声音问:"想了没?"

许冰葵也是有脾气的,挣脱出他的怀抱,背过身去,可露出的耳尖、脖子都变成粉红色,颤着声音道:"我们才分开两天!"

她话音刚落,余虩烈便在一旁低低地笑出声来,觉得她无比可爱。

他又拉过她的手,放在自己心口,说道:"我想你了。"

这虐单身狗啊……

高添听不下去了,手悄悄地捅了捅胖哥,把人给捅醒了。

胖哥迷迷糊糊地直起身,睁眼便看到余虩烈又要低头去亲人,赶忙轻咳了一声,吸引了两人的目光。

他和余虩烈相熟,一开口便喊:"烈哥!"

等看到旁边的许冰葵后眼睛一亮,他很会来事,直接便叫道:"这是嫂子吧?"

余虩烈冲他竖起大拇指,一本正经地问:"我俩现在的般配程度都这么高了?站一起就知道我们是天造地设的一对?"

高添无语凝噎:"您倒是先把手从人家腰上拿下来啊!"

胖哥翻了个白眼:"你都成秀妻狂魔了,你不知道吗?"

许冰葵脸都煮熟了:"这风扇也没必要扇了,我还是走吧。"

他伸手摸了摸许冰葵的额头,没摸到汗,便说:"那走了。"

他牵过许冰葵的手,十指相扣,又把人带到单车旁边,让她坐在自己的后座。

许冰葵虽然还羞着,却下意识地搂住他的腰。

余虓烈回头对她笑,许冰葵也乖乖露出个笑容。

两个人眼里的星星全冒了出来,爱意盛满心口。

他们在一起,之后的每个夏天,永远都像十六七岁的夏天。

只有繁花似锦,繁星灿灿,和对视时压不住的狂热心跳,爱意在心口越来越茂盛。

## 番外二
### 我的猫

大三下学期，余虓烈便在外租了个一室一厅，原本是想着哄小女友过来一起住，过甜甜蜜蜜的二人生活。

可他刚把地址和钥匙给许冰葵，第二天便接到了春田的电话，老人在电话那头威严得很："小余，你们交朋友可以，我从来没有阻止过，但是小葵花现在还小，你就想着……反正，同居这件事绝对不行！"

余虓烈心里冤，却只敢唯唯诺诺地应承下来。

挂了电话，余虓烈看了眼自己花了半个月装饰好的粉色公主房，笑容惨淡，只觉得不能和小女友一起住的人生，了无生趣。

许冰葵今天满课，他便躺倒在床上，听见窗外的雨声，半睡半醒间想着，也不知道小葵花带伞了没。

这时，一阵阵微弱哀凄的猫叫声传来，他翻身下床，便看见楼下灌木丛里趴着一只小奶猫,已经被雨淋湿,却只知道在原地一拱一拱。

他没发现大猫的踪影,便匆忙下楼把猫给抱了回来。

小猫全身雪白,大概两个月大,被包在毯子里还探头出来打量这个屋子,终于不叫唤后歪头舔了下余虓烈的手指,随后仰头用湿漉漉的蓝色眸子看他,又乖巧地咧开嘴,奶声奶气地和他打招呼:"喵!"

余虓烈的心瞬间被这小东西击中了。

小奶猫见他没反应,摇摇晃晃地爬出毯子,蹭了蹭他的裤脚,又就地一躺,朝他露出了自己软乎乎的肚皮。

要是说余虓烈之前还有点自制力,克制自己不去撸它,现在是完全克制不住了。

小奶猫还在毫无防备地"喵喵"叫,擦干后毛茸茸的,乖巧又可爱。

"对不起了小葵花,我要把我对你的爱分出那么一小指甲盖了。"

说完,他的魔爪便伸了出去……

两个小时后,余虓烈背着一个猫包回来了,手上拎着一堆猫咪玩具,还有一个巨大的猫厕所。

他带着小猫去做了检查,小猫也有了名字。

"二宝,乖乖在这儿,爸爸去洗个澡睡个觉,待会儿去接你妈妈吃饭。"

"喵!"

余虓烈从浴室出来,便抱着猫上床睡觉了。他睡得迷迷糊糊,二宝趴在他旁边一直奶声叫着。

兴许是猫叫声太扰人清梦了,他翻了个身,做了另一个梦……

梦里许冰葵推开房门,蹦蹦跳跳地跑过来,抱住他的脖子娇娇地喊哥哥。

他想低头亲一口她,却发现自己不能动弹。

许冰葵却手脚利索地爬上公主床,在他耳边喊道:"喵!"

余虓烈:"……"

他转头一看,终于瞧见了许冰葵脑袋上雪白的猫耳朵,身后还有一条长长的猫尾巴,在他眼前摇晃。

猫版许冰葵还趴在他颈边撒着娇,可他却有点恍惚,他承认,自己捡到二宝时曾幻想过,许冰葵能像这小奶猫一样肆意撒娇,可没必要搞这么刺激吧?

余虓烈口干舌燥,毛茸茸的触感还在他颈边,搔得他想伸手抱一抱人,却依然动不了。

这对他来说太煎熬了,谁能抵得住自己女友娇着声在怀里"喵喵"叫呢?

过了一会儿,他感觉到自己唇上微微一湿,大概是被二宝舔了一口,便皱眉睁开了眼睛。

可映入眼帘的却是许冰葵的小脸,她趴在床边,低头凑过来亲了他一口,此时还闭着眼睛,脸都没来得及撤开。

余虓烈心动,伸手揽住她的脖子,将她的脑袋往下压,切切实实地将四瓣唇贴在了一起,又加深了这个吻。

许冰葵被他突如其来的动作吓了一跳,身子一颤,余虓烈的手指便轻轻摩挲在她颈后,安抚着恋人。

仿佛过了一个世纪那么久,他才微微拉开距离,两人额头抵着额头,许冰葵气喘吁吁,眼睛都不敢看他,下一秒便被他托着手臂抱上了床。

二宝原先被许冰葵抱在怀里,此时吧唧一声掉下了床,嗷嗷叫唤着表达自己的不满。

许冰葵被他紧紧抱在怀里,抬头看他泛青的下巴,红着脸亲了上去,又在他垂眸看过来时,埋头躲进了他怀里。

"趁我睡着竟然偷袭我,不过干得好。"

余虓烈眼中藏着一把火却不能发作,只能又收紧手臂,恨不得

把人按进自己身体里。

二宝不满自己被忽视,爪子一直扒拉着床,发出刺耳的声音。

许冰葵便闷闷地道:"快把小猫抱上来。"

前两个小时还对二宝爱不释手的人此时却无情道:"不管它。"

余虓烈自己也觉得不厚道,抱着人满足地叹息一声:"我发现我真不是喜新厌旧的人。"

"什么?"

许冰葵抬头用疑惑的眼神看他,便被他抓住亲了一口,听见他说:"一辈子就喜欢你。"

半小时后,到了喂奶时间,余虓烈终于放开许冰葵,调了杯羊奶倒在二宝的食盆里。

两人便坐在旁边看这只没吃相的小猫被奶糊了一脸,许冰葵问道:"它叫什么名字?"

"二宝,因为你是大宝贝。"

许冰葵轻轻笑了一下,说道:"你也是我的大宝贝。"

听到情话的余虓烈开心得很:"我是家里地位最低的,我叫三宝好了。"

"好的,余三宝。"

"来,再给哥哥亲一下,许大宝。"

# 后记

嗨！大家好！

我是那只最甜的咕咕！现在由我来替这本书的作者给大家讲讲她的创作历程！

首先，非常开心以及感谢你们看到了这里，有哪个地方让你心动了吗？

我有心动哦。

写完整本书时其实我是松了一口气的，很想要交稿后就不管不顾写新的故事，但是我想想写书也是要有仪式感的，所以我想给我的第一本书，给我的《乖乖过来》，给我的向日葵CP，画上一个最圆满的句号。

更是因为写这本书的三个月以来，我无数次地为他们疯狂心动。

我构建这本书的人设和框架花了不止三个月的时间（到底花了多久，我又到底是怎么"咕咕"的，相信编辑的刀已经拔出来了），当初有想写这本书的第一个念头，是因为我给我的好友言姝同学讲

了一段我的真人真事。

大学进校园的第一天,班导指引我们加班群,然后拿过我的手机帮我申请,突然她一愣,憋着笑把手机屏幕转向我,我就看见入群申请那里写着"大家好,我是来自××的××大美妞哦"。

××大美妞就是我给自己的 QQ 备注……

那一刻,我真的想以头抢地!

好无语,我的文静又不失活泼、内敛又不失风趣的形象就在开学第一天哗啦啦地稀碎了……

然后我就在想,我可以写一个娇娇小小的女主,每天都穿着公主裙,梳着花苞头,无比可爱精致,可是沉迷武侠小说又有点中二,原本伪装得很好,但是她的 QQ 备注也暴露了自己。

她的入群申请应该是:大家好,我是来自××一中的霸王花哦。

精致公主的形象也稀碎了……

这只是个引子,很快我就在和"言哥"的聊天中完善了小葵花的人设,又因为那个她穿着小旗袍在巷子里高抬腿收拾红毛的情节,迅速把烈哥的人设和最初的文案也写出来了。

光是这个人设和文案,我和"言哥"已经脑补了一段惊天动地(?)的可爱爱情,我可能还会更晚点动笔写这个故事的,但是"言哥"天天催我,什么时候才开始写烈哥!

好的，这就写！

小葵花的人设真的很可爱，谁会不爱呢？我内心里住的汉子天天捂着脸哭泣，捶地怒吼："呜呜呜，我的葵花宝宝真的太可爱了！"

烈哥呢，就是我很想成为的那种人，我和他唯一的共同点就是一样贱兮兮的，说话就非要说出个花啦，但是我厩啊！他就不一样了，肆意张扬，一副全天下我最傲的样子，很装相，但是超酷啊，因为在他的世界里，他还真是全天下最傲的！

他还是个情话小王子，对着别人冷冰冰，对着朋友贱兮兮，对着小女友嘴巴像抹了蜜似的，只会把人逗笑或者羞哭，啧，反正我是很爱的！

我本来还要写他纯情无比，是个每次在路上遇见都会装可怜的骗子，都会皱着眉头上前给钱的纯情酷哥，所以才会在他爸爸一句"还要你爷爷给你擦屁股吗"后红了眼睛，然后决定把自己伪装成个好学生。

本来烈哥还和"言哥"第一本书《他总爱招惹我》里的男主余斯燃有联动的！燃哥应该是烈哥的某个堂兄弟，哈哈哈，但是我后来写正文时没注意，直接把老余家写成了三代单传，但是没关系！同样的姓，可能几百年前是本家呢！

再说说朱星吉，本文中的搞笑担当，每次他出场我都会截图给

基友们看，大家在群里一边哈哈哈一边同情他。这个人设我一开始是参照着我大学同学写的，我那个同学，每次寒暑假回家，他爸妈按照动车的车费给他打钱，他"中间商赚差价"，直接买火车票。我写朱星吉的时候，就会想要是我那个同学，在这里会说些或做些啥让人捧腹大笑的话和事呢？

出场很少的兆荔子呢，不知道你们注意到了没有，她每次说话句尾都是带着感叹号的！有点像个工具人的作用，所有的出场情节，都是方便了烈哥追小女友（竖大拇指），她的东北话可能会有点Bug，希望你们如果找到Bug能够原谅我并且来教教我，因为我只是个东北话十级热爱者，我可爱东北话了！

宋森……就不讲了，是个算不上"男二"但是起到了刺激男主作用的男二，很帅，但略惨。

还有很多人，家有一宝余宝庆、克制不住自己的爱的春田奶奶、很开明的女儿奴许爸爸，这些人身上都是有故事的，单拎出来说，我自己都能说哭。

希望我在《后记》补充的这些，你们看到后都能觉得——"对对对，就是这样！"

我写这篇文期间，还做过很多表情包，你们应该都能在微博上看到，哈哈哈，真的很好玩，我控制不住我做表情包的手。如果你看完也控制不住的话,记得上微博@我,有快乐一起分享!

现在到了颁奖环节了!

首先,给我的编辑颁发两个奖项——"敬业爱岗""漂亮甜心"!

她真的对这份事业抱有热爱,而且超级尽职!我一直不是个能坚持下来的人,注意力经常被旁的事情分散,如果没有她,我大概率不能这么快交稿(编辑:?)感恩!

再给和我所有一起码字的姐妹们一个"最佳鸽友"奖,一切尽在这个"鸽"中了,嘻嘻,一路有你,才不会觉得这条路难走。当然要着重感谢"言哥",从初步的人设到最后完结,我的全文还真能在我俩的聊天记录里拼凑出来。

大家都得到了奖杯,那我就顺手甩给自己一个"你不是咕咕"奖吧!

这个奖杯真是……理所当然得我领走。

最后,

希望你们,

能和小葵花一样,勇敢善良,初心不改。

能活得像烈哥一样,肆意生长,无惧无畏。

身边能有朱星吉这样的朋友,和 Ta 在一起,天天开心。

当然最重要的,还是活出你们自己心中的模样。

最最后,

烈哥、小葵花,再见哦!

永远爱你们!

END

---

本书由三月逢江委托长沙大鱼文化传媒有限公司正式授权花山文艺出版社,在中国大陆地区独家出版中文简体版本。未经书面同意,本书的任何部分不得以图表、电子、影印、缩拍、录音和其他手段进行复制和转载,违者必究。